将帅诗词

李殿仁　吴纪学　马厚寅◎主编

中国言实出版社

图书在版编目(CIP)数据

将帅诗词 / 李殿仁，吴纪学，马厚寅主编 . -- 北京：中国言实出版社，2017.6
ISBN 978-7-5171-2362-0

Ⅰ . ①将… Ⅱ . ①李… ②吴… ③马… Ⅲ . ①诗词—作品集—中国—当代 Ⅳ . ① I227

中国版本图书馆 CIP 数据核字（2017）第 107746 号

出 版 人 王昕朋
责任编辑 张国旗 李昌鹏
责任校对 宫媛媛

出版发行 中国言实出版社

地 址：北京市朝阳区北苑路 180 号加利大厦 5 号楼 105 室
邮 编：100101
编辑部：北京市海淀区花园路 6 号院 B 座 6 层
邮 编：100088
电 话：64924853（总编室） 64924716（发行部）
网 址：www.zgyscbs.cn
E-mail：zgyscbs@263.net

经 销 新华书店
印 刷 北京中科印刷有限公司
版 次 2017 年 7 月第 1 版 2021 年 3 月第 2 次印刷
规 格 710 毫米 ×1000 毫米 1/16 32.25 印张
字 数 260 千字
定 价 128.00 元 ISBN 978-7-5171-2362-0

李殿仁，1945年生，山东滨州人。中国人民解放军国防大学原副政委、教授，中国战略管理学会常务副会长、中国军事教育学会副会长、中国二战史学会副会长。

吴纪学，1941年生，江苏邳州人。中国作家协会会员。曾任《解放军报》文化部主任、长征出版社副总编辑。出版诗集《东欧·东欧》、《险途之光》、《生命体验》、《纪学短诗选》（中英文对照）等7部，散文集、特写集《红纱巾下比基尼》《留住时间》《爱的悟语》等6部，长篇报告文学《朱德和康克清》《马上刀下》等5部，长篇小说《不是浪漫》等。有诗译成英文，有诗和报告文学在全军、全国获奖，享受政府特殊津贴。

马厚寅，1950年生，山东青岛人。解放军报社通联部副主任，中国科普作家协会会员、北京市杂文学会会员、《中国军事百科全书》中国历代军事思想学科撰稿人。

目录

陶峙岳

陈士榘

董其武

萧华

萧克

伍修权

张震

秦基伟

丁秋生

赵镕

杨秀山

萧向荣

萧新槐

韩练成

詹才芳

谭冠三

丁甘如

方祖岐

史祥彬

乐时鸣

兰书臣

赵文光

赵可铭

赵立荣

赵金光

姚萍

朱德

顺庆府中学堂留别

1906 年

骊歌一曲思无穷，今古存亡忆记中。
污吏岂知清似水，书生便应气如虹。
恨他狼虎贪心黑，叹我河山泣泪红。
祖国安危人有责，冲天壮志付飞鹏。

题天台山

1918 年 6 月

率队搜山过古林，一山更比一山深。
天台自古称仙境，乱世神山亦贼侵。

井冈山会师

1957 年 7 月

革命雄师会井冈，集中力量更坚强。
红军领导提高后，五破围攻固战场。

忆攻克吉安

1962 年 3 月

1962 年 3 月 4 日由吉安登井冈山。我于 1928 年 4 月下旬会师井冈山，1929 年 1 月下井冈山，离此地已 33 年，不胜今昔之感。

八打吉安未收功，四面包围群众中。
红军速到声威震，一克名城赣水红。

太行春感

1939 年春

远望春光镇日阴，太行高耸气森森。
忠肝不洒中原泪，壮志坚持北伐心。
百战新师惊贼胆，三年苦斗献吾身。
从来燕赵多豪杰，驱逐倭儿共一樽。

寄语蜀中父老

1939 年冬

伫马太行侧，十月雪飞白。
战士仍衣单，夜夜杀倭贼。

出太行

1940 年 5 月

群峰壁立太行头，天险黄河一望收。
两岸烽烟红似火，此行当可慰同仇。

赠友人

1941 年

北华收复赖群雄，猛士如云唱大风。
自信挥戈能退日，河山依旧战旗红。

悼左权[1]同志

1942 年 6 月 2 日

名将以身殉国家，愿拚热血卫吾华。
太行浩气传千古，留得清漳吐血花。

[1] 左权（1906—1942），湖南醴陵人。黄埔军校第一期毕业后，去苏联陆军大学学习。曾任中国工农红军第十五军政委和军长、第一军团参谋长和代军团长等职。抗战爆发后任八路军副参谋长。1942 年 6 月 2 日在山西辽县（今左权县）麻田指挥部队与日本侵略者作战中牺牲。

感事八首用杜甫《秋兴》诗韵

1947 年 11 月

冀中战况

飒飒秋风透树林，燕山赵野阵云深。
河旁堡垒随波涌，塞上烽烟遍地阴。
国贼难逃千载骂，义师能奋万人心。
沧州战罢归来晚，闲眺滹沱听暮砧。

贺晋察冀军区歼蒋第三军

南合村中晓日斜，频呼救命望京华。
为援保定三军灭，错渡滹沱九月槎。
卸甲咸云归故地，离营从此不闻笳。
请看塞上深秋月，朗照边区胜利花。

新农村

千门万户喜朝晖，处处村头现紫微。
解放农人歌自得，专横地主莫高飞。
平田有份躬耕乐，得地无余心事违。
后起青年多俊秀，秋高试马壮而肥。

十月战景

战事从来似弈棋，举棋若定自无悲。
人民解放成新主，封建灭亡异昔时。
北地早成磐石固，南征犹怨义旗迟。
秋风送雁归传语，共除蒋顽莫再思。

攻克石门

石门封锁太行山，勇士掀开指顾间。

尽灭全师收重镇，不教胡马返秦关。
攻坚战术开新面，久困人民动笑颜。
我党英雄真辈出，从兹不虑鬓毛斑。

战局时局

兴安岭下楚江头，万里烽烟接素秋。
灭敌原因分地遍，兴师只为解民愁。
法西当道如豺虎，民主高潮胜美欧。
四万万人争解放，铲除封建建神州。

寄南征诸将

南征诸将建奇功，胜算全操在掌中。
国贼军心惊落叶，雄师士气胜秋风。
独裁政体沉云黑，解放旌旗满地红。
锦绣河山收拾好，万民尽作主人翁。

寄东北诸将

南人北去自逶迤，转战辽阳入岭陂。
勋业辉煌欣共举，名花灿烂喜连枝。
邻居友善长相问，仁里安康永莫移。
扫尽法西归马日，伫看四海耀红旗。

车过图们江怀朝战

1952 年 9 月

美帝侵朝霸亚洲，敌锋已到绿江头。
抗美援朝倡正义，雄师百万复开州。

悼罗荣桓同志

1963 年 12 月 19 日

起义鄂南即治军，忠诚革命贯平生。
身经百战摧强敌，留得丰功万古存。

●彭德怀

平江起义前夕口占

1928 年 7 月 20 日于平江

电传天书值千金[1]，这是革命幸福根。
度过明天难关日，念二午时红旗新[2]。

平江起义口占

1928 年 7 月于平江

北伐时期士兵会，秘密活动两三年。
平江起义扬眉日，工农革命旗帜新。

跃上井冈旗帜新

求知心切去黄埔，夜梦依依我不然。
“马日事变”教训大，革命必须有武装。
秋收起义在农村，失败教训是盲动。
唯有润之工农军，跃上井冈旗帜新。

[1] 电传天书，指陈玉成密电。陈三成是彭德怀领导的秘密革命组织救贫会会员，时随师长周磐去长沙。周令副师长李慧根立即逮捕黄公略等人。
[2] 念，“廿”的大写。念二午时，即 22 日午时，指起义时间。

我欲以之为榜样，或依湖泊或山区。
利用周磐办随校，谨慎争取两年时。

答蒋介石派间谍招降[1]

1931 年 6 月于黎川

蒋贼卖国，屠杀工农，罪当处剐；
汉湘附逆[2]，亦当引颈，公审受诛；
梅庄走卒[3]，卖弟求荣，无耻之徒；
还尔狗头[4]，昭告天下，以儆独夫。

团村战斗[5]

1933 年 12 月

猛虎扑群羊，硝烟弥漫；
人海翻腾，杀声冲霄汉。
地动山摇天亦惊，疟疾立消遁。
狼奔豕突，尘埃冲天；
大哥未到，让尔逃生！

[1] 标题为编者所加。
[2] 汉湘，即黄汉湘，黄公略的族亲。
[3] 梅庄，即黄梅庄，黄公略的哥哥。
[4]1931 年 6 月，蒋介石对红军的第一、二次“围剿”失败后，即利用黄汉湘指使黄梅庄离间彭德怀、黄公略同毛泽东的关系，庄带着蒋介石的亲笔信到苏区招降。彭德怀计赚黄梅庄，黄赃证俱获，报经前委批准杀了这个间谍，并把他的人头让脚夫给蒋介石带了回去。
[5] 团村，位于江西黎川境内。

题诗[1]

一九四九年，兰州灭继援[2]。
红旗西向指，春风笑昆天。

武汉长江大桥建成通车有感[3]

长江天堑一桥，贯穿南北功劳。
车声辚辚桥上，惊涛滚滚东流！
大桥横跨长江岸，龟蛇联姻情舒畅。
三镇鼎立结同盟，万众欢呼如宿愿。

[1] 此诗为彭德怀元帅 1958 年视察西北时为千佛洞工作人员题。标题为编者所加。

[2] 继援，指当年国民党统治兰州的垂首马继援。

[3] 这首诗的题目为编者所加。

刘伯承

出益州

1914 年

微服孤行出益州，今春病起强登楼。
海潮东去直天涌，江水西来带血流。
壮士未埋荒草骨，书生就剩少年头。
手执青锋卫共和，独占饥寒又一秋。

记羊山集战斗

1947 年 9 月

狼山战捷复羊山，炮火雷鸣烟雾间。
千万居民齐拍手，欣看子弟夺城关。

贺龙

为晋绥烈士塔题词

吕梁苍苍，汾水洋洋。
烈士英灵，山高水长。

陈毅

红四军军次葛坳[1]突围赴东固口占

1929年2月

大军突敌围，关山渡若飞。
今朝何处去？昨夜梦未归。
带梦催上马，睡意斗寒风。
军号声凄厉，春月似张弓。
尖兵报有敌，后队转向东。
急行四十里，敌截已扑空。
东固山势高，峰峦如屏障。
此是东井冈，会师天下壮。

反攻下汀州龙岩

1929年6月

闽赣路千里，春花笑吐红。
铁军真是铁，一鼓下汀龙。

[1] 自注：葛坳在江西于都县北。

哭阮啸仙、贺昌同志[1]

1935 年 4 月

环顾同志中，阮贺足称贤。
阮誉传岭表，贺名播幽燕。
审计呕心血，主政见威严。
哀哉同突围，独我得生全。

赣南游击词

1936 年夏

天将晓，队员醒来早。露侵衣被夏犹寒，树间唧唧鸣知了。满身沾野草。
天将午，饥肠响如鼓。粮食封锁已三月，囊中存米清可数。野菜和水煮。
日落西，集会议兵机。交通晨出无消息，屈指归来已误期。立即就迁居。
夜难行，淫雨苦兼旬。野营已自无篷帐，大树遮身待晓明。几番梦不成。
天放晴，对月设野营。拂拂清风催睡意，森森万树若云屯。梦中念敌情。
休玩笑，耳语声放低。林外难免无敌探，前回咳嗽泄军机。纠偏要心虚。
叹缺粮，三月肉不尝。夏吃杨梅冬剥笋，猎取野猪遍山忙。捉蛇二更长。
满山抄，草木变枯焦。敌人屠杀空前古，人民反抗气更高。再请把兵交。
讲战术，稳坐钓鱼台。敌人找我偏不打，他不防备我偏来。乖乖听安排。
靠人民，支援永不忘。他是重生亲父母，我是斗争好儿郎。革命强中强。
勤学习，落伍实堪悲。此日准备好身手，他年战场获锦归。前进心不灰。
莫怨嗟，稳脚度年华。贼子引狼输禹鼎，大军抗日渡金沙。铁树要开花。

[1] 阮啸仙，广东河源人。1921 年加入中国共产党，在党的第五次代表大会上当选为中央委员。他是广东农民运动的领导人之一，曾在毛泽东同志三办的广州农民运动讲习所工作。红军时期担任过赣南省委书记和赣南军区政治委员。贺昌，山西离石人。1924 年加入中国共产党，在党的第六次代表大会上当选为中央委员。红军时期曾任总政治部副主任。他们留在南方根据地坚持游击战争，1935 年春，在向赣粤边突围时牺牲。

雪中野营闻警

1936 年冬

风击悬冰碎万瓶，野营人对雪光横。
遥闻敌垒吹寒角，持枪倚枕到天明。

梅岭三章

1936 年冬，梅山被围。余伤病伏丛莽间二十余日，虑不得脱，得诗三首留衣底。旋围解。

断头今日意如何？创业艰难百战多。
此去泉台招旧部，旌旗十万斩阎罗。

南国烽烟正十年，此头须向国门悬。
后死诸君多努力，捷报飞来当纸钱。

投身革命即为家，血雨腥风应有涯。
取义成仁今日事，人间遍种自由花。

三十五岁生日寄怀

1936 年，余游击于赣南五岭山脉一带，往来作战，备极艰苦。8 月值余三十五岁生辰，赋此寄怀。

大军西去气如虹，一局南天战又重。
半壁河山沉血海，几多知友化沙虫。
日搜夜剿人犹在，万死千伤鬼亦雄。
物到极时终必变，天翻地覆五洲红。

野营

1936 年春

恶风暴雨住无家，日日野营转战车。
冷食充肠消永昼，禁声扪虱对山花。
微石终能填血海，大军遥祝渡金沙。
长夜无灯凝望眼，包胥心事发初华[1]。

“七七”五周年感赋

1942 年 7 月

即今抗战艰难日，累累新坟启我思。
五年碧血翻沧海，一片丹心照汉旗。
国中忍见儿皇帝，朝内哇谋萁豆炊。
九仞为山争一篑，同仇敢与乙民期。

[1] 包胥，申包胥，春秋时楚国贵族。吴攻破楚国，他赴秦求救，在宫廷痛哭七日夜，秦哀公乃令出师相救。

宿北大捷[1]

1946 年 12 月

敌到运河曲，聚歼夫何疑？
试看峰山下，埋了戴之奇。

鲁南大捷[2]

1947 年 1 月

快速部队走如飞，印缅归来自鼓吹。
鲁南泥泞行不得，坦克都成废铁堆。
快速部队今已矣，二十六师汝何为？
徐州薛岳掩面哭，南京蒋贼应泪垂。

莱芜大捷[3]

1947 年 2 月

淄博莱芜战血红，我军又猎泰山东。
百千万众擒群虎，七十二崮志伟功。
鲁中霁雪明飞帜，渤海洪波唱大风。

[1] 宿北战役是由山东野战军和华中野战军共同进行的，歼灭了敌整编六十九师，毙敌师长戴之奇。战后，两支野战军合编为华东野战军。

[2] 鲁南战役歼灭敌整编二十六师、五十一师及第一快速纵队，攻克峄县和枣庄。

[3] 莱芜战役歼灭敌四十六军、七十三军所辖七个师、俘虏第二绥靖区副司令李仙洲。

堪笑顽酋成面缚，叩头请罪詈元凶。

如梦令·临沂蒙阴道中

1947 年春

临沂蒙阴新泰，路转峰回石怪。一片好风光，七十二崮堪爱。堪爱，堪爱，蒋军进攻必败。

孟良崮战役 [1]

1947 年 5 月

一

孟良崮上鬼神号，七十四师无地逃。
信号飞飞星乱眼，照明处处火如潮。
刀丛扑去争山顶，血雨飘来湿战袍。
喜见贼师精锐尽，我军个个是英豪。

二

我军个个是英豪，反动王朝那得逃。
暴戾蒋朝嗟命蹇，凄凉美帝怨心劳。
华东战局看神变，陕北军机运妙韬。
更喜雨来催麦熟，成功日近乐陶陶。

[1] 此役全歼国民党军“五大主力”之一整编七十四师，毙敌师长张灵甫，沉重打击了敌人对山东解放区的重点进攻，震动了蒋家王朝。

罗荣桓

告子女[1]

1963 年

我尽力争取不死，
继续为革命奋斗；
如果死已经来临，
我也绝不畏惧，
决不发愁。
我给你们留下的，
只是党的事业，
别的什么都没有。
我的遗嘱是一句话：
永远跟着共产党走。

[1] 这首诗产生经过是这样的：1963 年下半年，罗荣桓病情日益严重，他很想作一首诗留给子女，但当时已力不从心。于是他口授该诗内容给他的保健医生黄树则，这首诗是后来黄树则整理出的。罗荣桓的夫人林月琴又进行了审阅订正。

徐向前

忆响堂铺之战

1938 年 3 月，我八路军一二九师在山西黎城至河北涉县的公路旁伏击，击毁日军军车 180 辆，毙敌 400 余名，是为响堂铺之战。

巍巍太行起狼烟，黎涉路隘隐弓弦。
龙腾虎跃杀声震，狼奔豕突敌胆寒。
扑灭火龙吞残虏，动地军歌唱凯旋。
弹指一去四十载，喜看春意在人间。

悼罗荣桓同志

1963 年

相识近卅载，战友亦良师。
建军正多赖，噩耗竟早传。
国际风云紧，敌寇常肆虐。
国家失栋梁，全军悲难绝。
何以慰英灵，奋力承大业。

悼刘伯承元帅

1986 年 10 月 21 日

日暮噩耗遍京城，泪雨潇潇天地倾。
垂首山川思梁栋，举目九天觅帅星。
渊渊韬略成国粹，昭昭青史记殊荣。
涂就七言染素绢，十万军帐哭刘公。

聂荣臻

吾非石达开

1935 年 5 月

大渡河流险，吾非石达开。
飞兵天际至，历史不重来！

渡大渡河 [1]

安顺急抢渡，大渡勇夺桥。
两军夹江上，泸定决分晓。

忆平型关大捷

集师上寨运良筹 [2]，敢举烽烟解国忧。
潇潇夜雨洗兵马 [3]，殷殷热血固金瓯。
东渡黄河第一战，威扫敌倭青史流。
常抚皓首忆旧事，夜眺燕北几春秋。

[1] 聂荣臻曾率领红军先遣队抢渡大渡河。

[2]1937 年 9 月 23 日，八路军一一五师在平型关以南的上寨镇召开全师干部会议，部署作战计划。

[3]1937 年 9 月 24 日，天降大雨，部队冒雨进入伏击位置。

贺叶副主席八十寿辰

1977 年 5 月

揭竿羊城五十年[1]，风雨齐州步履艰[2]。
川西传讯忠心耿[3]，古华除害一身胆。
行若吕端识大事[4]，功成绛侯有愧颜[5]。
八秩寿翁犹继志，旗展神州贺新天。

长征复长征[6]

1980 年元月

八旬在广州，好似更年轻。
行行重行行，长征复长征。

---

[1] 揭竿羊城五十年，指广州起义。羊城是广州的别称。

[2] 齐州，指中国。

[3] 川西传讯，指叶剑英在长征途中，发觉张国焘阴谋以“武力解决”党中央和中央红军的密令之后，立即向毛主席、党中央传讯报警。党中央立即采取紧急措施，迅速脱离了危险境地。在革命的危急关头，叶剑英当机立断，挺身而出，为保卫毛主席、保卫党中央，立下了不朽的功勋。

[4] 吕端，北宋宰相，宋太宗曾称赞他大事不糊涂。

[5] 绛侯，即西汉周勃。吕后篡权十多年死后，周勃等人诛灭企图夺取政权的吕产、吕禄等人。

[6] 这是作者在他八十寿辰之际写的一首诗，当时他住在广州南湖宾馆，叶剑英派人送来一副“绿树多生意，白云无尽时”的贺联。他端详着亲密战友送来的条幅，仔细品味着条幅的含义，思绪万千。

叶剑英

油岩题壁

1915 年

放眼高歌气吐虹，也曾拔剑角群雄。
我来无限兴亡感，慰祝苍生乐大同。

满江红·追悼建国粤军第二师独立营香洲殉难军官士

1925 年 8 月

镇海狮山，突兀处、英雄埋骨。曾记得，谈兵虎帐，三春眉月。夜半枪声连角起，繁英飘尽风流歇。到而今堕泪忍成碑，肝肠裂。

革命史，人湮没；革命党，当流血。看欃枪满地，剪除军阀。革命功成阶级灭，牺牲堂上悲白发。更广期孤育老能养，酬忠烈。

登祝融峰

1938 年

四顾渺无际，天风吹我衣。
听涛起雄心，誓荡扶桑儿。

读方志敏同志狱中手书有感

1940年重庆

血染东南半壁红，忍将奇迹作奇功。
文山去后南朝月，又照秦淮一叶枫。

满江红·悼左权同志

1942年7月7日

敌后坚持，捍卫着自由中国。试看那，欃枪满地，汉家旗帜。剩水残山容我主，穿沟破垒标奇迹。问伊谁百万好男儿，投有北。

崦嵫日，垂垂没；先击败，希特勒。会雄师踏上，长白山雪。风起云飞怀战友，屋梁月落疑颜色。最伤心河畔依清漳，埋忠骨。

题安徽广暴烈士张子珍墓碑

1957年

夜半枪声连角起，广州工农兵起义。
红旗飘上越王台，君是当年好战士。

建军纪念日怀战烈（五首）

1962年8月1日前夕

刘伯坚同志

红军抗日事长征，夜渡于都溅溅鸣。
梁上伯坚来击筑，荆卿豪气渐离情。

赵博生同志

宁都霹雳响天晴，赤帜高擎赵博生。
虎穴坚持神圣业，几人鲜血染红星。

董振堂同志

英雄战死错路上，令我深怀董振堂。
猿鹤沙虫经世换，高台为你著荣光。

左权同志

百团战后敌回马，铁壁合围势紧张。
君正运筹思伏寇，千军转进一身亡。

陈赓同志

不计浮名不畏难，从无艰险落君前。
平生嫉恶如仇寇，湖海元龙继祖先。

重读毛主席《论持久战》

1965 年 9 月 4 日

百万倭奴压海陬，神州沉陆使人愁。
内行内战资强虏，敌后敌前费运筹。
唱罢凯歌来灞上，集中全力破石头。
一篇持久重新读，眼底吴钩看不休。

蝶恋花·海南岛

1959 年 2 月

南海浮珠历万古，阅尽沧桑，挺作南天柱。五指峰高人宿露，当年割据红区固。

旧是东坡留句处，椰树凌霄，扫尽长空雾。海角天涯今异古，丰收几处秧歌舞。

朝中措·鹿回头

1959 年 2 月

海滩拾贝趁朝霞，风卷浪堆沙。境到登山临水，伊人望望天涯。

椰浆消渴，咖啡醒目，南岛韶华。撷得一枝红豆，思量寄與谁家？

重游延安（三首）

1959 年 3 月

一

一别延安十二年，延安已改旧时颜。
王家坪上杨家岭，鸿爪从头细细看。

二

旧时窑洞旧时台，犹剩胡匪劫后灰。
陕北健儿真卓绝，最艰难处显奇才。

三

乡亲呼我最情真，枣子南瓜宴故人。
话到今年社里事，大家创业要先行。

大庆油田

1962 年 8 月 12 日

大地沉沉睡万年，人民科学变油田。
一场会战十三路，预祝高歌唱凯旋。

题画竹

1978 年 11 月 12 日

彩笔凌云画溢思，虚心劲节是吾师。
人生贵有胸中竹，经得艰难考验时。

粟裕

卫岗初胜

新编第四军，先遣出江南。

卫岗斩土井，处女奏凯还。

为官陡门战斗胜利题诗 [1]

1939 年 1 月 21 日

新四军，胆气豪。不畏艰苦与疲劳。

七十里之遥，雪夜奔袭芜湖郊，伪军无处逃。

伤毙满沟，活捉四十余，步枪四五十条，机枪三挺，驳壳十余条。

还有大刀，日伪军旗、脚踏车、大衣与皮袍。

军用品，用箩挑。汉奸远逃，敌伪心愁，广大人民兴高，同声咒骂汉奸罪不可饶！

青玉案·颂黄桥决战 [2]

东征北上歼倭寇。党内外、项吾友。矛盾重重麻缕纠。纵横捭阖，争和弃取，我党居其右。

[1] 官陡门，在芜湖东北十余华里处，时为日伪军严密控制的战略要点。新四军二支队一部雪夜远程奔袭，一战拔除官陡门之伪军据点。

[2] 标题为编者所加。

郭村首捷桥头守。姜堰攻予见良莠。决战黄桥冲汉斗。韩顽结舌，军民酹酒，抗日红旗秀。

沁园春·定鼎中原

逐鹿中原，利弊权衡，攻城打援。首战汴梁捷，再歼区部，黄邱惊魄[1]，过隘翻山。序幕揭开，名泉奔涌，布阵排兵今古鲜。江淮阔，赤帜迎风舞，万马腾欢。

中枢谋划高超，又捧月群星尽圣贤。喜大军英勇，包抄分割，百韬毙命，悟我堪怜[2]。双管施威，瓮中捉蟹，雪地冰天敌倒悬。杯高举，望军民莫醉，鞭指江南。

老兵乐

1964 年

半世生涯戎马间，征骑倥偬未下鞍。
爆炸轰鸣如击鼓，枪弹呼啸若琴弹。
疆场纵横任驰骋，歼敌何计百万千。
对镜不须叹白发，白发犹能再挥鞭。

[1] 区部指区寿年部；黄邱指黄百韬、邱清泉。
[2] 黄维号悟我。

新四军抗日先遣队挺进江南四十周年

1978 年 6 月 15 日

八省健儿群英会，抗日旌旗向东挥，
敌后军民齐奋战，日寇弃甲又丢盔。

●黄克诚

江城子·怀念彭总

1966年4月

久共患难真难忘，不思量，又思量。山水阻隔，无从话短长。两地关怀当一样，太行顶，峨眉冈。

经常相逢在梦乡，宛当年，上战场。奔走呼号，声震山河壮。富国强兵愿已偿，且共勉，莫忧伤！

怀念杨勇同志

1983年

肝胆相照半世纪，浴血苦战二十年。
革命忠心贯日月，战功卓著载史篇。
常谈我早辞尘世，不幸君先离人间。
三大战役都告捷，九泉闻讯定开颜。

陈赓

试作囚[1]

1933 年 4 月

沙场驰驱南北游，横枪跃马几春秋，
为扫人间忧患事，小住南牢试作囚。

[1] 这首诗的写作背景是：1933 年春，陈赓不幸被捕，被关在国民党南京宪兵司令部。所住死牢，正是恽代英曾住过的牢房。陈赓被押进牢房不一会儿，窗外传来行刑的枪声。他心头一震，肃然而立，突然从斑驳的牢壁上，发现一首血写的题壁诗："浪迹江湖忆旧游，故人生死各千秋。已摈忧患寻常事，留得豪情作楚囚。——恽代英 民国二十年四月" 陈赓读过血诗，失声悲呼，顷刻，猛然抬起头，情思汹涌，遂写下了这首诗。题目为编者所加。

徐海东

赠东屏[1]

1946 年 3 月于江苏淮安县河下镇吉祥院

尊我护我细用心，养儿育女劳其神。
宾客来至盛情待，贤妻良母好心人。

[1] 这是作者于 1946 年 3 月写给夫人周东屏的一首打油诗。周东屏及其子徐文伯又作了小小修改。

谭政

参观“八七”会议会址

1978 年 11 月作于武汉东湖

狂风恶浪困航船，征途茫茫去复还。
“八七”会议开新面，劈波斩浪再向前。
驱散乌云明航向，枪杆子里出政权！

参加秋收起义

滚滚长江浪滔天，工农大众要掌权。
武装革命求解放，势如江水去不还。
燃起火把庆秋收，长缨万杆敌胆寒。
振臂一呼上井冈，建军改编在三湾。
喜看旌旗红似火，星星之火要燎原！

回首井冈山

1979 年 4 月作于井冈山宾馆

一

巍巍井冈山，一别五十年。

今日重登临，处处笑杜鹃。
神州容颜改，沧桑指顾间。

二

昔日井冈山，遍地起硝烟。
红军齐出动，永新战敌顽[1]。
攻势如席卷，凯歌上云天。

三

劳农分田地，万山笑开颜。
男儿从军去，红军大发展。
奴隶破枷锁，金钥在人间。

[1]1928 年 6 月，敌纠集湘赣两省军队“会剿”井冈山革命根据地，毛泽东、朱德率红军出战永新。红军不仅粉碎了敌人的“围剿”，而且使井冈山革命根据地得到了扩大。

萧劲光

抗日战争胜利感怀

敌骑踏破中原地，赤县处处血如雨。
山河破碎心亦碎，报国张弓射金矢。

八年留守陕甘宁，健儿浴血黄河滨。
莫道边区弹丸地，回天首仗延安城。

从来养兵为征战，卫士戍疆老少安。
宜将剑戟多砥砺，不教神州起烽烟。

朱总逸四海

晴波摇翠浪，云海舞飞虹。
三军高歌起，满旗卷长风。
朱总逸四海，傲步登云空。
壮志立功业，志在攀高峰。

八五抒怀

1988 年 1 月 4 日

八十五岁不等闲，春光依旧在眼前。
堪笑白发似瑞雪，常怀丹心祝丰年。
阅世已阅险中险，识人又识天外天。
几番潮涌心底事，犹自神驰浪里船。

桂林山水

1963 年 4 月

桂林山水自天真，亿万斯年造化身。
簪峰带水萦回映，雨雾晴蒙色异新。
龙腾虎跃争雄舞，参天古木耸峥嵘。
洞天七星与芦笛，玲珑壮丽巧天工。
天若有情天若老，漓江车水永长清。
碧莲含苞宠娇艳，独秀英姿挂紫金。
欲穷桂林风光美，再上阳朔更更新。

●张云逸

题碑文有感[1]

1964 年 5 月

李韩顽敌两夹击，敌强我弱不畏惧。
奋力拼战七昼夜，巍然屹立获胜利。
奠定淮南根据地，抗日反顽开新局。
今人指看半塔碑，志在强国新战役。

叙怀

少小叛逃封建家，磨难虽多心无瑕。
蒋匪屠杀犯众怒，烈士鲜血浇红花。
革命一生未虚度，戎马廿年耻矜夸。
吾今即令身残老，志在千里岂嗟呀！

[1]1964 年春，安徽省来安县人民为纪念 1946 年 3 月的半塔保卫战与在抗日反顽斗争中光荣牺牲的同志们，建立了半塔烈士纪念碑，作者题写了碑文。

忆往事书赠治平（选二首）

1975 年 4 月

其一

延安相识未知心，太行始得互恋情。
艰苦备尝开颜笑，生死与共爱更深。
藐视敌顽如草芥，只知工作与斗争。
三十四年虽往矣，堪幸儿女已成林。

其三

红花耀眼迎亲人，莺声悦耳喜临门[1]。
两两离别如隔岁，朝朝思念似盼星。
多年经历诚可贵，八载磨炼更同心。
我等虽然遭陷害，历史终能辨假真。

爱女朵朵新婚志禧（选二首）

1977 年 8 月

其一

美满婚姻幸福日，毋忘当年艰苦时。
先辈伟业传万代，战斗从未有穷期。

其 四

争当革命先锋队，善破善立方为贵。
伟大旗帜高举起，主席思想是宝贝。

[1] 莺声悦耳喜临门：治平从北京归来之日，院内木棉花正在盛开，清晨旭日临窗之际，又有黄莺在窗外高唱枝头，十分悦耳，似有预报喜事临门之兆，故有此句。

王树声

誓将奋斗会中原[1]

久别重逢今又别，不知人月几时圆。
伤思艰险犹尝尽，誓将奋斗会中原。

英雄得胜寨

1949 年

英雄得胜寨，破敌显威神。
山上红旗卷，豪绅胆战惊。

[1] 这是作者 1947 年农历八月十五日写给爱人杨炬同志的离别诗，原诗写在一张照片的背后。

许光达

无题[1]

1926 年

誓要去，上刀山。
浩气壮，可入鬼门关。
男儿气短，豪情无限。
地狱也独来独往还。

百战沙场驱虎豹

1968 年 4 月 20 日

百战沙场驱虎豹，万苦艰辛胆未寒。
只为人民谋解放，粉身碎骨若等闲。

[1] 此诗是作者在 1926 年春在长沙师范学校去黄埔军校学习，临行前所作。

王震

誓与马列共生死[1]

1944 年 10 月

吕梁山上剃胡子，汾河岸边丢骡子。
死也不丢竹杆子，誓与马列共生死。

凯歌进新疆

1949 年 9 月

白雪罩祁连，乌云盖山巅。
草原秋风狂，凯歌进新疆。

东江纵队成立四十周年纪念

1983 年 11 月

南域先锋，海外蜚声。
艰苦风范，永继永存。

[1]1944 年 10 月王震南征过汾河时，写此诗赠给随军南下的延安自然科学院副院长陈康白。

乌兰夫

义师响应度阴山

——为纪念长征胜利五十周年而作

共话长征忆昔年，朝朝塞北望江南。
行踪奇正敌围破，信息浮沉民意牵。
捷报迅传逾朔漠，义师响应度阴山。
此生留得豪情在，再作长征岂畏难。

邓华

忆当年

1961 年 7 月 21 日

一离米亚罗，直上鹧鸪山。
岭高空气薄，风大天更寒。
昔人行甚苦，红军不怕难。
跋山和涉水，谈笑夺雄关。
北上过草地，翘首望中原。
我今驱车过，作此忆当年。

重访海南岛有感

茫茫海峡一天险，负隅顽抗伯陵线。
木船铁舰何以敌，笑借东风踏海南[1]。

[1]1950 年 4 月 16 日下午为东风，是渡海作战的好气候，当日 19 时 30 分我军开始了解放海南岛战役。当时作者为该战役指挥员。

游湖光岩有感[1]

1979 年 3 月

微风涟漪日光熙，绿绿重影楞岩寺[2]。
湖光山色疑匠心，万籁火山景成奇。
千古奇景千古累，良相李纲贬万里[3]。
石壁生辉湖光岩，赤子忠心堪作记。
今得有幸湖边游，忆起当年打海南。
古往今来多李纲，何况白首一武将。
董郭二老相继游[4]，挥毫泼墨作文章。
我愧仿翁弄笔墨，随云一片常思量。

[1] 湖光岩，著名风景区，位于广东湛江。

[2] 楞岩寺，即楞严寺，湖光岩著名的寺庙。

[3] 李纲，宋朝著名宰相，力主抗金，受主和派打压而被贬海南，途经雷州（即今湛江），曾受友人之邀游览湖光岩。

[4] 董郭二老，指董必武、郭沫若。

吕正操

桑园突围

1941 年 5 月 3 日

桑园突围破晓间，战士奋战苦衣棉。
寇追情急急似火，春日昼长长如年。
马逸人散阵不成，往来冲突西复东。
天似有罗地似网，此起彼伏相呼应。
回支骁勇天下闻，有女如龙叱风云[1]。
从容迫敌却追兵，过路入营日西沉。
就榻疲顿举足难，梦少神安鼾黑甜。
翌晨欢庆青年节，人马一一散复还。
地下有道道有沟，是真罗网疏不漏。
倭寇纵有黔驴技，人民眼底一蜉蝣。

[1] 指回民支队剧团的女青年指导员白石同志，指挥剧团男女青少年英勇奋战。

●朱良才

朱德挑粮

1928 年秋

朱德挑谷上坳，粮食绝对可靠。
大家齐心协力，粉碎敌人“会剿”。

东方巨人立

1987 年 4 月

长城绵万里，黄崖话今昔。
千古风流事，东方巨人立。

新貌慰忠魂

——纪念井冈山革命根据地创立六十周年

当年书剑起烟云，茨坪一举定乾坤。
今朝何以慰忠魂，且看天地日月新。

许世友

百万子弟唱大风

1985 年 5 月 25 日

八旬回眸忆平生，鼙鼓旌旗铕征程。
太行立马啸长夜，五台金鸡报晓明。
冀南烽火壮士梦，胶东青纱父老情。
决胜千里谁称雄，三军主帅毛泽东。
四十春秋数捷报，百万子弟唱大风。
伏枥老骥戎心在，匣中宝剑紫气凝。
导师遗训岂敢忘，帝国主义是战争。
握手一笑恩仇泯，温故永志前车铭。

●李志民

忆东方军入闽兼贺宁化苏维埃政府成立五十五周年

1985年夏

二度入闽事，千秋气若虹。
功亏英名在，血沃劲草生。
屡念七步诗，不敢忆旧朋。
长征悲且壮，万代颂高风。

江城子·忆长征

1986年

长征万里路遥迢，风萧萧，雨飘飘。浩气比天，千军势如潮。为雪国耻洒热血，真理在，恨难消。

梦断推窗听鼓角，冷月皎，流萤高。身居京华，常盼归鸿早。抽出心丝填旧句，写往事，万年骄。

忆“抗大”

五十年前熔炉火，垂暮更在相思中。
老红万点倾心血，新绿千重尽忠贞。

越抗越大无前例，灭寇灭蒋有奇功。
长征接力需精神，抗大传统照天明。

忆平原

驰骋平原征战梦，年年岁岁忆故人。
箪食壶浆迎子弟，同仇敌忾逐瘟神。
直师为壮渐成壮，哀兵必胜终得胜。
此身行将沐晚露，尤忆平原父老恩。

杂 咏

一

夜半凭栏望东邻，遥忆沙场听号音。
千腔热血护沃土，万条铁臂换乾坤。
唇齿相依兄弟谊，休戚与共姐妹心。
鸭绿江水连天碧，燕舞波翻春更深。

二

五次战役抖雄风，痛歼美李举世惊。
平眺常思金城地，登高犹记上甘岭。
梦走桧仓哭英烈，凯旋兵东唱大功。
卅年时光弹指去，一呼彭总归满胸。

李聚奎

诉衷情·抗战回望

当年塞上战贼酋，策马护神州。八年抗战回望，血沃春草稠。

英烈志，照千秋，在心头。历史如镜，正义如磐，岁月如流。

杨成武

翻越夹金山

1935 年 6 月

天空鸟飞绝，群山兽迹灭。
红军英雄汉，飞步碎冰雪。

突破天险腊子口

1935 年 9 月

腊子天下险，勇士猛攻关。
为开北上路，何惜血染山。

飞夺泸定桥

1981 年

无边风雨夜，天堑大渡横。
飞兵夺泸定，胜利走长征。

忆黄土岭之战

1985 年 8 月

云谷重关雾沉沉，六郎插箭雄风存。
巧布伏兵雁宿崖，全歼辻村侵略军。
再展奇谋黄土岭，阿部规秀化青燐。
捷报飞若初冬雪，扶桑朝野俱断魂。

忆东团堡之战

1985 年 8 月

团堡浴血扫凶顽，英雄气压紫荆关。
堂堂武士成败絮，座座坚垒化灰烟。
堪笑自焚帝国梦，谁解覆灭为底缘。
小柴强作长恨曲[1]，残碑千古罪斑斑。

[1] 小柴俊南，日军涞源警备司令。

杨至成

观赣剧有感

1961年6月

银光虹彩喜今朝，赤色舞台竞俊娇。
布景巧玩新风貌，乐娴弦雅甚幽绕。
百花齐放含春意，万紫千红夺锦标。
民族艺术革命化，恰如甘雨洒青苗。

八一建军节

八一义声贯日虹，赤旗飘舞九霄中。
一轮明月融融亮，满空祥云朵朵红。
奋勇沙场皆俊杰，血溅赣水尽英雄。
卓哉我党运筹好，星火燎原歌大同。

井冈山会师

毛朱会师湘赣边，春花烂漫井冈前。
南瓜红米味饶美，绿水青山气相连。
万颗赤心何灼亮，两支劲旅胜钢坚。
红军正是擎天柱，艰苦斗争不穿棉。

长征

万里长征历艰辛，草根吃罢苦焦唇。
苟无当日苦中苦，那有今朝万象春。

抗战

乌云霭色落花天，日寇逞狂侵主权。
众志凌霄翻大浪，转危为胜保坤乾。

全国解放

外乱将平内乱掀，纷纷讨敌归云征。
军民奋斗如潮涌，一扫烽烟天地清。

杨得志

念奴娇·忆四〇年筹粮筹款事

巨野北返，举目处，良田千亩皆秕粒。三秋大旱久未雨，日伪凶蛮暴戾。激战定陶，奔袭羊山，巩固根据地。但无笑颜，只因粮荒更急。

会约诸公商议，一洗愁容，定下英雄策。人民富裕我们富，危难方见情挚。齐心并肩，生产自救，赫赫回天力。光阴如梭，每忆怆然泪溢。

重到郴州有感

1988 年 1 月，我应邀到郴州参加纪念湘南起义 60 周年，此时也是我参军 60 周年。会间，我又去看了筑过路的板子桥，参军的韩家村。沧海桑田，人事变迁，我已经完全认不出来了。看今朝，忆往昔，想着几十年走过的路，我以诗寄情。

六十沧桑从何说？感慨郴州举标梭。
纤尘幸留小痕印，滴水远去大江河。
踏碎关山烽火路，吟成横刀马上歌。
若问来路英雄者，无名更比有名多。

张宗逊

寄宗适[1]哥

1928 年

潼长路上故乡天，滚滚黄河乘民船。
回头不过瞬间事，屈指离乡已四年。

重上井冈山

1977 年 4 月

一

半个世纪长时光，泽东领导多奇方。
当年斗争单身汉，如今携眷上井冈。

二

英明马列泽东尤，建政罗霄带了头。
自力更生不依外，百折艰辛从不愁。
燎原星火磅礴志，波浪向前宏远谋。
依靠农村取胜利，解放全国美名流。

三

天堂理想奋力攀，半纪沧桑如上山。

[1] 宗适，即张宗适。陕西渭南人，渭华暴动时任共青团县委书记，暴动时英勇牺牲。

轰轰土改农奴奋，赫赫抗倭大众欢。
全国解放人心暖，抗美援朝帝胆寒。
国民经济迅发展，中华兴旺震人寰。

重到三湾村

1977 年 4 月

重游故地想当年，军到三湾大改编。
并裁单位减冗赘[1]，精简机关安病残。
党员模范做骨干，支部核心建在连。
动摇首领多离散[2]，伟大泽东领导坚。

到安源参观

1977 年 4 月

安源工运豪，早有心来遨。
工人饥寒迫，泽东辟不毛。
开头实非易，巩固尤操劳。
追思传统业，后辈更应高。

[1] 并裁单位减冗赘：起义部队到三湾后，由一个师改编为一个团，辖两个营部七个连队，支部建在连队上。
[2] 动摇首领多离散：当时有部分将领脱离部队他去。如师长余洒度、团长苏先骏等。

忆长征

1986 年 8 月

长征故事天下扬，光阴流逝半纪长。
出征五岭娄山暖，跋涉雪山六盘凉。
到处撒播种子紧，一路宣传宗旨忙。
英雄奋斗史无例，永世发扬不能忘。

张爱萍

狱中有感

1929年9月上海

逐浪三峡走申江，南京路上少年狂。
泥城桥前洋奴恶，西牢楼中好汉强。
残更陋巷传叫卖，涎水画饼充饥肠。
牢笼砸开铁锁链，刀枪杀回斩豺狼。

过草地

1935年8月20日

绿原无垠漫风烟，蓬蒿没膝步泥潭。
野菜水煮果腹暖，干草火烧驱夜寒。
坐地随意堪露宿，卧看行云逐浪翻。
帐月席茵刀枪枕，谈笑低吟道明天。

减字木兰花·东进

1940 年 9 月 3 日

黄花香径，月照寒光刀枪影。公路横匍，夜渡大军跨险途。
运河连脉，突破封锁捣苏北。横扫敌顽，遍插红旗东海边。

沁园春·一江山渡海登陆战即景

东海风光，寥廓蓝天，滔滔碧浪。看骑鲸蹈海，风驰虎跃；雄鹰猎猎，雷击龙翔。雄师易统，戎机难觅，陆海空直捣金汤。锐难当，望大陈列岛，火海汪洋。

料得帅骇军慌，凭一纸空文岂能防。忆昔诺曼底，西西里岛，冲绳大战，何需鼓簧。“固若磐石”，陡崖峭壁，首战奏凯震八荒。英雄赞，似西湖竞渡，初试锋芒。

清平乐·我国首次原子弹爆炸成功

1964 年 10 月 16 日于戈壁滩

东风起舞，壮志千军鼓。苦斗百年今复主，矢志英雄伏虎。
霞光喷射云空，腾起万丈长龙。雷震惊寰宇，人间天上欢隆。

清平乐·颂我国洲际导弹发射成功

1980年5月18日

东风怒放，烈火喷万丈。霹雳弦惊周天荡，声震大洋激浪。

莫道生来多难，更喜险峰竞攀。今日雕弓满月，敢平寇蹄狼烟。

破阵子·我国同步卫星发射成功

1984年4月16日

万里连营布阵，冲天烈火彤彤。莫问巡天几回转，好去乘风遨苍穹。运筹任从容。

玉宇明灯高挂，金丝细雨飞虹。天帝躬身仙子舞，正是人间日曈曈。华夏沐春风。

江城子·访东坡赤壁

1982年6月15日

天下文章东坡词，盖雄师，孰不知。千骑射虎，壮怀逞英姿。那堪唱大江东去，泛赤壁，纵情诗。

难得余闲来游迟，空流石，枉神思，历尽沧海，面目不复识。清风明月无限好，整前貌，莫失时。

定风波·为《人物》杂志题

1983年2月20日

世间偏爱逐炎凉，生而何如鸟虫忙。争权夺利人亦鬼，羞愧。如此人生寄荒唐。

贵在青年有理想，高尚。矢志为民正气张。莫让年华空虚度，重负。献身祖国展翅翔。

陈伯钧

感竹

1933 年 1 月 23 日

由塘坊至黄泥铺 50 里。是日经过一大山，上下约 30 里，是江西福建的分水岭。山上竹林均被冰雪压俯，如拱揖状。因有《感竹》句如下。

冰雪高压，俯身如弧；
赤阳一照，高耸自如！
呜呼万灵，岂不如物？

观雪忆往事

1935 年 9 月 30 日作于中阿坝

夜来北风起，大地全变色。
朔方夷民居，八月就飞雪。
北望奔波者，衣食现可缺？
南视平夷地，捷音何时得？
悲我孤独身，深锁漠之野[1]！
嗟彼太上苍，何时观日月？

[1] 作者任红四方面军第九军参谋长时，曾受到张国焘的迫害，被免职。

阿坝即景

1935 年 10 月 13 日写于中阿坝

来时草正青，忽尔遍地金！
朔风时怒吼，银霜更加身；
夜月照雪地，牧马五更惊！
草木本弱质，何能胜此任？
憔悴形于色，精髓取之尽，
何时甘露降，青上更加青！

陈奇涵

兴国烈士纪念塔

人民战争廿八年，解放人民几万千。
南昌起义初发轫，井冈战斗着先鞭。
赣水滔滔摧浊浪，红井涓涓吐清泉。
浩气长虹震寰宇，后世兴怀念昔贤。

井冈山

山名端合号井冈，峰峦环抱在中央。
起义雄师会砻市，胜利诗句著汪洋。
五大哨口摧顽敌，七溪岭上灭双杨。
全国皆白山首赤，星火燎原具炬光。

周士第

上泥山[1]

上泥山，遇故知，染手足，沾戎衣。
见面礼：稀烂泥。同行动，伴起居，
泥多情，爱交际，随我三日犹依依。

为中国共产党组编铁甲车队五十周年而作

1974 年 11 月

一

铁甲车队组编军，屈指如今五十年。
周总理亲自组织，毛主席思想领先。

二

政治军事严训练，国际歌声珠江涟。
事事都是党领导，处处总与人民亲。

三

帝封勾结谋西江，图建据点两广边。
跋山涉水赶广宁，教育自己帮亲人。

[1] 标题为编者所加。

四

社岗隆重纪念会，列宁逝世一周年。
革命理论联实际，马列主义乡村宣。

五

地主县长右派结，民团土匪神兵联。
军队人民团结紧，每次战斗肩并肩。

六

频繁战斗得锻炼，消灭敌人有几千。
攻破地主大炮楼，缴获武器装农民。

七

广宁人民夹道送，男女老少衣手牵。
广州公园庆祝会，人山人海歌凯旋。

八

一次东征广九路，铁甲列车勇梭穿。
攻克石龙深圳镇，巩固后方力支前。

九

帝勾杨刘占广州，保卫党政河南迁。
东征军返讨叛逆，配合主力灭希闵。

十

声援“五卅”同仇忾，反帝风云漫南天。
省港英雄大罢工，帝国主义吃苦辛。

十一

广州工农兵学商，游行示威十万人。

沙面英美枪炮响，沙基路上血河川。

十二

压迫愈重反愈烈，中国人民志更坚。
反帝高潮愤怒火，东西南北遍地燃。

十三

陈逆乘机复东江，英美出枪又出钱。
广州右派起响应，毒手暗杀叛变连。

十四

肃清右派又东征，铁甲列车冲在前。
一举攻破石龙镇，迅速打开局面鲜。

十五

香港九龙大封锁，工农兵哨千里绵。
香港实变成臭港，饿港死港三相连。

十六

深圳河界两岸上，敌我日夜都逻巡。
英兵垂头丧气过，我们扬眉怒目嗔。

十七

宝安一带帮农会，深圳南头学工人。
奸商走私沙头角，获猪罚款五万元。

十八

英人指挥陈残匪，出动飞机和兵船。
铁甲车队纠察队，消灭敌人南海边。

十九

激战著名沙鱼涌，英勇事迹四方传。
羊城隆重追悼会，烈士英名史册编。

二十

工作斗争只一年，主席思想已体现。
作为一部分骨干，建立独立团并编。

满江红·为中国共产党、毛泽东同志建立独立团五十周年

1975 年 11 月

北伐先锋[1]，反帝反封大旌节。初战胜，解放湘东，举国欢悦。湘鄂连捷破武昌，“铁军”荣誉广宣说，“无产阶级的牺牲者”，万世杰。

蒋贼叛，搞分裂；投降者，无施设。放弃领导权，革命挫折。美英蒋汪齐屠杀，工农青妇飞肉血。党领导南昌马回岭，义旗揭。

[1] 北伐先锋，1926 年 5 月，中共两广区委决定叶挺独立团担任北伐先遣队，首先出师北伐，被称为北伐先锋。

悼李硕勋同志[1]

1950 年 11 月 18 日于北京

义举南昌[2]，战赣粤闽[3]。
分途找党[4]，话别天心。
白区工作，奋不顾身。
牢狱不屈，遗书义深。
公之鲜血，解放人民。
忠心浩气，永耀不泯。
遗志未竟，吾辈仔肩。
革命必胜，公可安眠。

[1] 李硕勋，四川省高县人，1903 年 2 月 23 日生，大革命时期，历任全国学生联合会总会会长、国民党上海市党部秘书长、中共武昌地委组织部长、青年团湖北省委书记、国民革命军第四军第二十五师政治部主任；第二次国内革命战争时期，曾参加南昌起义，历任第十一军第二十五师党代表，师党委书记，政治部主任，中共江苏省委秘书长，中共浙江省委军委书记，中共浙江省委代理书记、浙江省委组织部长，中共沪西区区委书记，中共江苏省委军委书记，中共中央军委委员，中共江南省委（领导江苏、上海、浙江、安徽）军委书记，中共广东省委军委书记，1931 年 9 月 5 日壮烈牺牲于海南岛海口市。

[2] 义举南昌，1927 年 8 月 1 日，周士第、李硕勋率领所属部队参加南昌起义，改编为第十一军第二十五师。周士第任师长，李硕勋任师党代表、党委书记、政治部主任。

[3] 战赣粤闽，周士第、李硕勋率领南昌起义的第二十五师在江西、广东、福建一带战斗。

[4] 分途找党，1927 年 10 月底，根据部队党组织和朱德指示，李硕勋被派赴上海同中共中央联系，请示南昌起义军今后的斗争方针。周士第被派赴广东，同中共广东省委联系。

洪学智

抗战胜利四十周年

卢沟桥畔狼烟起，半壁江山走铁骑。
举国同仇驱倭寇，寰球戮力灭狂痴。
民心归向终难犯，众志成城不可移。
喜看当今新世界，和平大势更无敌。

●唐亮

睢杞战役

金戈铁马指中原，外线出击捷报传。
天主堂里定大计，龙亭烟销灭敌顽。
野指首长巧安排，各纵将士战犹酣。
龙王店外枪声急，活捉敌首区寿年。

陶峙岳

辞家

1911 年

不见古来人[1]，看看成白首。
男儿志四方，安敢事株守[2]。

太华[3]归来[4]

1940 年

偷得闲时出帝城[5]，攀登无处不心惊。
投书泪洒苍龙岭[6]，拒召名传落雁峰[7]。
瓦釜雷鸣谁独醒，金瓯壁碎赖群英。
身经太华千重险，敢说长安路不平。

[1] 不见古来人，出自陈子昂的《登幽州台歌》："前不见古人，后不见来者。"
[2] 株守，出自《韩非子·五蠹》：守株待兔。
[3] 太华，华山。
[4] 在日军大举侵华，祖国山河破碎、民族危亡之时，作者却屡遭国民党嫡系排挤置身闲职，无法实现报效祖国的夙愿。这首诗表达了作者对国事危难的忧虑和对国民党内部争权夺利的愤懑。
[5] 帝城，西安。
[6] 投书泪洒苍龙岭，苍龙岭，位于华山北峰之上，两侧悬崖峭壁，触目惊心。相传唐朝文学家韩愈游览到此，误已身处绝境，无望生还，不禁苍然泪下，写遗书投入谷中，至今岭端崖石上仍刻有"韩愈投书处"。
[7] 拒召名传落雁峰，落雁峰为华山之巅，古柏苍松，云雾缭绕。东面有"避召崖"（避诏崖），传说五代宋初道士陈抟在此写过谢召表，其中有对联云："一片野心都被白云锁住，九重宠召休教丹凤衔来。"借此衬托落雁峰的神奇幽远。

迎王震将军入疆

1949 年

将军谈笑指天山，便引春风度玉关。
绝漠红旗招展处，壶浆相迓尽开颜。

●陈士榘

重到茶陵

1984 年 6 月 25 日于茶陵县

久别过茶陵，五十七度春。
回顾革命史，喜忆工农军。
打碎旧机器，人民做主人。
首建新政权，代表工农兵。
举目寻故地，旧址已更新。
当年三常委，现仅剩一人[1]。
老兵心犹壮，努力新长征。
余热献四化，但作春蚕身。

---

[1]1927 年 10 月我党在井冈山根据地建立了第一个红色政权——茶陵县工农兵会议政府。当时被选举出的三个常委：主席谭震林（工人代表），常委李炳荣（农民代表），常委陈士榘（士兵委员会代表），谭李已故仅剩陈士榘一人。

董其武

义旗终插青山巅[1]

1949 年 10 月 1 日

为迎春风排万难，义旗终插青山巅。
弃暗投明党指路，起死回生恩胜天。
从今矢志勤改造，他日立功赎前愆。
任务不计多艰苦，喜见万民解倒悬。

抗日怀壮志

1985 年 5 月

巍巍大青山，浩浩烈士魂。
宁作战死鬼，不当亡国民。
抗日怀壮志，杀敌岂顾身。
再拜告英灵，大地已回春。

[1]1949 年 9 月 19 日，作者以绥远省主席的名义，率绥远省军政各界起义。1949 年 10 月 1 日，为庆祝新中国的诞生和绥远起义，在归绥市（今呼和浩特市）举行了隆重的庆祝活动。作者在感激、兴奋的情景下，挥笔写下这首诗。

萧华

忆少共国际师[1]

少年有志报神州，一万虎犊带吴钩。
浴血闽赣锐无敌，长征路上显身手。
卷地狂飙不畏死，几战蒋军落旄头[2]。
长忆英勇少共师，队队新兵看不休。

占领吉安[3]

军势磅礴湘赣行，红旗招展下庐陵。
敌人弃城丢盔甲，赣江响彻凯歌声。
主席号召如雷震，军民欢呼表决心。
磨拳擦掌杀气高，迎击蒋贼"进剿"军。

[1]1934 年，中央革命根据地的青年一万多人，响应党扩大红军的号召，踊跃参军，组成了"少共国际师"，开赴前线杀敌。

[2]"少共师"成立后，在石城、团村等战斗中英勇奋战，几败蒋军。

[3] 毛主席率领红军主力于 1930 年 10 月占领江西庐陵（今吉安市）。在吉安 10 万人祝捷大会上，毛主席号召军民加强战备，准备粉碎敌人新的"围剿"。

红军不怕远征难

一 告别

红旗飘，军号响。子弟兵，别故乡。
王明路线滔天罪，五次“围剿”敌猖狂。
红军急切上征途，战略转移去远方。
男女老少来相送，热泪沾衣叙情长。
乌云遮天难持久，红日永远放光芒。

二 突破封锁线

路迢迢，秋风凉。敌重重，军情忙。
红军夜渡于都河，跨过五岭抢湘江。
三十昼夜飞行军，突破四道封锁墙。
不怕流血不怕苦，前仆后继杀虎狼。
全军想念毛主席，迷雾途中盼太阳。

三 遵义会议放光辉

苗岭秀，旭日升。百鸟啼，报新春。
遵义会议放光辉，全党全军齐欢庆。
万众欢呼毛主席，马列路线指航程。
雄师刀坝告大捷，工农踊跃当红军。
英明领袖来掌舵，革命磅礴向前进。

四 四渡赤水出奇兵

横断山，路难行。敌重兵，压黔境。
战士双脚走天下，四渡赤水出奇兵。
乌江天险重飞渡，兵临贵阳逼昆明。
敌人弃甲丢烟枪，我军乘胜赶路程。
调虎离山袭金沙，毛主席用兵真如神。

五 飞越大渡河

水湍急，山峭耸。雄关险，豺狼凶。
健儿巧渡金沙江，兄弟民族夹道迎。
安顺场边孤舟勇，踩波踏浪歼敌兵。
昼夜兼程二百四，猛打穷追夺泸定。
铁索桥上威风显，勇士万代留英名。

六 过雪山草地

雪皑皑，野茫茫。高原寒，炊断粮。
红军都是钢铁汉，千锤百炼不怕难。
雪山低头迎远客，草毯泥毡扎营盘。
风雨侵衣骨更硬，野菜充饥志越坚。
官兵一致同甘苦，革命理想高于天。

七 到吴起镇

锣鼓响，秧歌起。黄河唱，长城喜。
腊子口上神兵降，百丈悬崖当云梯。
六盘山上红旗展，势如破竹扫敌骑。
陕甘军民传喜讯，征师胜利到吴起。
南北兄弟手携手，扩大前进根据地。

八 祝捷

大雪飞，洗征尘。敌进犯，送礼品。
长途跋涉足未稳，敌人围攻形势紧。
毛主席战场来指挥，全军振奋杀敌人。
直罗满山炮声急，万余敌兵一网尽。
活捉敌酋牛师长，奠基凯歌高入云。

九 报喜

手足情，同志心。飞捷报，传佳音。

英勇二四方面军，转战数省久闻名。
历尽千辛万般苦，胜利会聚甘孜城。
全军痛斥张国焘，欢呼北上并肩行。
边区军民喜若狂，红旗招展迎亲人。

十 大会师

红旗飘，军号响。战马吼，歌声亮。
铁流两万五千里，红军威名天下扬。
各路劲旅大会师，日寇胆破蒋魂丧。
军也乐来民也乐，万水千山齐歌唱。
歌唱领袖毛主席，歌唱伟大共产党。

十一 会师献礼

顶天地，志凌云。山城堡，军威振。
夜色朦胧群山隐，三军奋勇杀敌人。
火光万道迎空舞，霹雳一声动地鸣。
兄弟并肩显身手，痛歼蒋贼王牌军。
旭日东升照战场，会师献礼载功勋。

十二 誓师抗日

日寇侵，灾难深。国民党，当逃兵。
红军集结陕甘宁，抗日风暴卷烟云。
呼吁停战驱日寇，我党宣言普天应。
军民怒火千万丈，挥戈誓师大进军。
排山倒海风雷起，解放祖国遍地春。

晋西伏击战 [1]

滔滔黄河水，巍巍吕梁山。
日寇舞刀剑，妄图犯延安。
敌军集大宁 [2]，补给涉远程。
车队似龟爬，乱炮壮胆行。
兽兵抵井沟 [3]，四围观动静：
“空山人不见，只闻雉鸟声。
祈天保平安，八路无踪影。”
一鸣霹雳响，万山杀敌声。
毛泽东思想，照亮战士心。
卫国保边区，奋勇不顾身。
飞兵迎面来，勇猛扑敌群。
车轮朝天转，敌尸遍地横。
午城残敌据 [4]，挣扎呼救兵，
窑洞当掩体，正好葬“太君”。
夜幕降大地，智勇夺敌营。
“武运”不长久，呜呼“军民魂”。
辎重如山集，获车壮我行。
战士作驾驶，乘客换新人。
灯光划长空，满道笑语声。
黄河唱赞歌，捷飞延安城。

---

[1] 1938 年 3 月 18 日，日寇第一〇八师团 200 名骑兵和一个中队炮兵掩护满载辎重的汽车 72 辆，自山西临汾向晋西大宁县前进，我八路军第一一五师三四三旅在井沟伏击，当晚又夜袭午城镇，将敌全部歼灭。

[2] 大宁县，今属临汾市。

[3] 井沟，蒲县西面的一个村庄。

[4] 午城，隰县南的一个镇子。

梁山战斗

黄河滚怒涛，梁山烈火高。
青纱好设伏，夜战逞英豪。
全歼来犯敌，夺获数门炮。
军威震齐鲁，壶浆迎满道。

铁道游击队

神出鬼没铁道旁，袭敌破路毁沟墙。
深入兽穴斩虎豹，飞越日车夺械粮。
汪洋大海游击战，怒火熊熊敌后方。
条条铁轨成绞索，寇灰满载运东洋。

辽东保卫战

1946 年冬

奉天凛冽北风紧，敌军倾巢犯辽东。
发扬运动歼灭战，十大原则显神通。
英勇杀敌擒师长，新开岭上建奇功。
冰天雪地驰长白，艰苦奋战浑江东。
遥望临江敌气沮，铜墙铁壁谁敢碰。
奇兵突降魔窟后，钢刀直插敌心胸。
军号马嘶声满天，枪林旗海战地红。
夺回通化占柳河，扫清辽南克丹东。

红日照长春

1948 年冬

瓮中捉鳖势已成，四面楚歌敌胆惊。
军政齐攻锐难挡，锦州噩耗丧钟鸣。
曾军奋起举义旗，美械王牌尽投诚。
深堑坚城一夜破，高高红日照长春。

萧克

登骑田岭

1928 年 4 月上旬骑田岭

农奴聚义起烽烟，晃晃梭标刺远天。
莫谓湘南陬五岭，骑田岭上瞩中原。

南昌起义

革命功推第一枪，英雄赤帜起南昌。
洪都夜静江潮涌，卫我河山志莫忘。

突破镇石封锁线

1934 年 10 月

后追前堵路岖崎，又见恶鸢来去飞。
转战“三无”不毛地，兵饥弹少更艰危。

重重封锁似壁坚，兵陈狭道九回旋。
通宵苦战见红日，百战老兵为一叹！

大战将军山

1936年2月下旬于将军山阵地

新场返辔将军山，歼敌前锋指顾间。
横扫黔中新奏凯，临风把酒角声阑。

将军山下槌金鼓，处女门前敌自纷。
蓦地迅雷飞弹雨，将军山上立将军。

北渡金沙江[1]

1936年4月下旬金沙江北岸

盘江三月燧烽扬，铁马西驰调敌忙。
炮火横飞普渡水[2]，红旗直指金沙江。
后闻鼙鼓诚为虑，前得轻舟喜欲狂。
遥望玉龙舒鳞甲[3]，会师康藏北飞缰。

---

[1] 作者自注：1936年3月，红二、六军团长征至黔滇边并计划在南北盘江地区开展游击战争，总部来电，指令由金沙江上游渡江到西康与红四方面军会师北上。我部立即西进，横扫云南，进至丽江以西之石鼓、巨甸一带渡江。

[2] 普渡水，江名，在今云南境内，流经禄劝、富民一带。

[3] 玉龙，指丽江北岸之玉龙山，主峰海拔5596米。红军渡江时，正是春夏之交，远望玉龙山在一片白色之中。许多由零散的巨石和树木组成的斑块，如巨龙身上的鳞片。

高原会[1]

1936 年 5 月于理塘道上

康藏征途木叶青，忽闻金鼓来郊迎。
高原初夏风不暖，一曲高歌步履轻。

“七七”后誓师抗敌

1937 年 9 月

炮震卢沟举世惊，全民抗战铸长城。
挥戈跃马沙场里，不逐强虏不返兵！

八路军上前线

1937 年太原

日寇犯中华，燕晋风雷亟。
平绥弃战炮，雁北又告急。
我来古长安，周彭传羽檄。
同车到太原，敬聆驱虏策。
八路争出师，举国皆手额。

[1] 作者自注：1936 年 5 月，红二、六军团在长征中由云南进入西康。六军团为右路，于 5 月底进至理塘南之甲洼地区，罗炳辉、何长工、李干辉、刘型、魏传统诸同志率三十二军及四方面军文艺工作团远道相迎，双方备极欣慰，经 40 年而不忘。不久前与魏传统同志在三〇一医院谈及此事，二人皆有感。

三军渡黄河，将士同出辑。
老少立道旁，箪壶相送别。
万众同一心，试看谁能敌。

北渡拒马河

1939 年 1 月下旬作于京西山坡行军途中

北渡拒马河，百花山在望。
建立挺进军，深入敌心脏。
放眼冀热辽，前程不可量。
军民同协力，胜过诸葛亮。
抗战虽持久，笑我力正壮。

百花山夜眺

1940 年夏

与冀热察区党委及挺进军同志，登百花山，夜宿古庙，遥望京华，感而赋此。

百花山上百花开，六合英雄冒热来。
夜瞰故都云雾黯，庆功明日聚燕台。

晋察冀游击战

1943 年 2 月

同仇敌忾驱倭寇，敌后军民摆战场。
太行高耸燕山险，善攻动于九天上[1]。
燕赵慷慨悲歌地，军民带甲同耕稼。
地道如网村连村，善守藏于九地下[2]。

望九岭忆往事

1970 年晚秋于永修云山农林部五七干校

九岭山脉在江西西北部，是由东北向西南走向的横断山脉，连结湘鄂赣三省，不仅是南昌起义、秋收起义的发动地，也是后来湘鄂赣、湘赣红军活动区域。

其一

巍峨九岭郁葱葱，形似苍龙舞舆坤。
北浴修河南戏锦，东驰彭蠡西连云。
一峰横贯跨湘赣，两水平行气氤氲。
胜似泥封函谷险，兵家眼里有奇军。

其二

长江浪恶风云变，八一旌旗指海人。
同斥权奸违大义，大书“耕者有其田”。
会昌交战钱黄溃，壬市横刀贺叶先。

[1]《孙子兵法》:“善攻者动于九天之上。”
[2]《孙子兵法》:“善守者藏于九地之下。”

烈日炎炎何足道，赣山赣水正斑斓。

其三

时近中秋气未凉，举兵东向入汀杭。
急浮韩水奔潮汕，苦战汤坑返揭阳。
盛暑远征军所忌，分兵对敌力难张。
危机四伏声犹壮，避实击虚有锦囊。

其四

赣北秋收传羽檄，义军连战入南山[1]。
征途识路歌文市，驻马整军有三湾。
濯足龙江盟甲帐，会师砻市锁连环。
燎原星火光华夏，创业艰难忆昔贤。

[1] 自注：1927 年八九月之交，国民党军阀钱大钧、黄绍竑军队在赣企图堵截起义军南下，在瑞金北之壬田市及会昌大战中，被我叶挺、贺龙击溃。

●伍修权

到中央苏区

1931 年秋

故国忽地起烽烟，身居桃源忧心重。
终经万里崎岖路，投入血火战斗中。

历史转折

1935 年春

铁壁合围难突破，暮色苍茫别红都。
强渡湘江血如注，三军今日奔何处？
娄山关前鏖战急，遵义城头赤帜竖。
舵手一易齐桨橹，革命从此上新途。

张震

抗日战争胜利有怀

风雪漫天狂，奋起是炎黄。
中原御敌寇，江淮战东洋。
八载寒霜重，一朝春露长。
今逢清平日，犹见众志昂。

怀念新四军英烈

大江南北血飞红，津浦东西战逆风。
为逐凶魔多壮志，神州万代颂英忠。

为渡江战役纪念馆题

浙沪杭宁歼敌顽，欢呼解放换新天。
雄师百万齐南渡，大地回春数十年。

●秦基伟

华北大演习

1981 年 9 月

长城烟尘塞外风，古战场上大练兵。
天雷地火真对抗，诸军兵种巧合成。

假如明天有战争，胜似龙城虎将勇。
加速国防现代化，军民共筑新长城。

国庆三十五周年阅兵

1984 年 10 月

黄河波涛长江浪，纵看成队横成行。
旌旗猎猎红星闪，三军列队军威壮。

井冈延水天安门，雄师劲旅更坚强。
十里长街铁流滚，万里碧空鸽哨响。

回太行

1985 年春

春梦秋思多年愿，今日重返太行山。
四十年前征战事，历历在目滚硝烟。

十年太行鏖战苦，军民并肩斗敌顽。
参战送粮抬担架，人民献出血和汗。

战地重游格外亲，军民一家似当年。
铜墙铁壁不可摧，鱼水情谊代代传。

登上甘岭

五圣山麓松柏翠，疑是遍野绿钢盔。
上甘岭上寻旧部，巨石林立皆崔嵬。

四十三个夜与昼，打出军威和国威。
鲜血凝成金达莱，中朝友谊树丰碑。

丁秋生

记淮海大战

1948 年 11 月

泉城鏖战方息，淮海战火又浓。
调集兵力百万，围歼打援佯动。
淮敌辗转十日，不明何方主攻。
瓮中黄军被围，方知主力在东。
星夜陈总部署，协友共歼敌兵。
命令胜券在握，一切缴获归邻。
将士志在攻坚，势如霹雳敌惊。
生擒匪首黄维，老总指挥英明。
只围不歼何故，政策攻心敌抖。
文武之道张弛，全歼杜匪何愁。
决胜全局在胸，西柏坡里运筹。
号令全军一致，蒋家哪是对手。

英雄颂[1]

1984 年 8 月

烽火当年威震敌，英雄辈出战皆捷。
再看今朝更春色，传统光大新人接。
碧水苍穹成一统，不尽波涛连天泻。
愿我长城永不凋，栉风沐雨创新业。

[1] 丁秋生于 1984 年 8 月赴舟嵊要塞区探望老部队有感，写下了这首诗。

万毅

江城子·四平联想

当年四打四平城，求解放，缚苍龙。前仆后继奋勇争先登。壮哉多少英雄士，身百战，气若虹。

如今建设方蓬蓬，路线正，方向明。四项原则光辉照前程。“血沃中原肥劲草”，望神州，遍愚公。

纪念连云港抗日五十周年

大桅凌霄连岛横，朝阳出海水云彤。
万人登垒御强虏，六月鏖兵屠孽龙。
仇寇舰机飞火雨，军民血肉筑长城。
一挥五十春秋逝，天外黑风可结绳？

王必成

忆孟良崮大捷

蒋军重点攻齐鲁，敌我交战孟良崮。
陈粟大军遇骄虏，杀得天翻地也覆。
鲁南山区出奇兵，背后直捣匪师部。
美械王牌遭全歼，击毙顽酋张灵甫。

●王宗槐

八路军

红军改八路，开进五台山。
创建根据地，如鱼得水欢。
奋战东洋鬼，驰骋晋冀间。
抗战得胜利，人民乐九天。

●韦杰

忆会师（二首）

1986 年 10 月

一

昔日强攻会宁城，歼鲁团，迎会师，三军战友齐欢呼。踏上新征途，救国基础固。

今日长征会师处，纪念堂，塔矗立，万里转征丰碑树。慰先烈英灵，励新人成柱。

二

当年远征不怕难，理想根，扎心间，誓教山河换新颜。重任担铁肩，推倒三座山。

而今工作重点转，向四化，勇登攀，且喜将士不畏艰。又显长征胆，宏图定能展。

孔从洲

别长安父老

1927 年

三秦健儿出潼关，不靖幽燕誓不还。
回首华山语父老，东风捷报入长安。

纪念西安事变兼怀张杨二将军

虏骑风尘满蓟燕，操戈同室犹相煎。
五湖潮涌申胥恨，三晋人歌魏子贤。
旗奋农工齐缚虎，手翻云雨独违天。
川江血浪台山月，悲愤千秋共泫然。

寄关中旧友

1947 年

大军虎跃出中条，飞渡轻舟黄水滔。
挽得天河洗宛洛，再催风雨过函崤。

杂咏一首抒怀

——西北民主联军第三十八军成立四十周年有感

1986 年 8 月

豫州举义旗，陕军获新生；
燕赵子弟兵，壮志卫邯城。
中原还逐鹿，走马追征程；
随军入西川，神驰天安门。
戍边建油田，文武两昆仑；
关山少音讯，梦中寻故人。
开国多英烈，忆旧慰忠魂；
新人如后浪，远望一片春。

孔石泉

别离

1949年5月

数日团聚今分离，妻弱儿幼心依依。
翻身解放业未竟，为党为国捐私谊。
南下大军似潮涌，横扫残敌如卷席。
革命成功指日望，阖家欢聚会有期。

孔庆德

记长征路上聆听朱总司令教诲

道孚温暖漾春风[1]，齐打毛衣迎贺龙。
朱德带头搓线线，学员围座喜融融。
“朱毛不可分开干，北上才能大道通。”
草地三国云雾散，艳阳高照战旗红。

[1] 道孚，红四方面军总部和红军大学驻地。

刘志坚

中原决战

中原鏖战急，诱敌到宛西。
神速出天兵，歼敌数万奇。
淮海决胜负，中州全无敌。
雄师过大江，所向寇披靡。
直捣五羊城，九州遍红旗。

重访战地杂咏

洛 阳

南游战地行，雄哉洛阳城。
黄河走鼻端，太行立为屏。
逐鹿百战多，浩气贯长虹。
铁骑传飞檄，经略出奇兵。
民族发祥地，基业赖尔撑。
热血沃中原，古城留英名。

邓县

城坚水深顽敌恶，大军踊跃待一搏。
此役全局相攸关，彻夜不眠费琢磨。
重锤敲开硬核桃，利刃刺穿敌心窝。
运筹帷幄巧安排，旌旗蔽日奏凯歌。
战友故地喜相逢，皓首之翁感慨多。

襄樊

襄樊古今争夺地，中州问鼎经略计。
顽敌龟缩守坚城，依山傍水拼蛮力。
聚兵再作困兽斗，覆巢危卵势已去。
借问康泽欲何往？阶下之囚可面壁。
凯歌入云军民乐，此城一拔定大局。
解甲之人故地游，龙腾虎跃今胜昔。

孙毅

西江月 · 回冀中

1985 年 10 月

郁郁山坡果树，茫茫水库云烟。冀中搏斗忆当年，日寇闻风丧胆。
鱼水交融一体，军民骨肉相连。风云变幻岂无边，我自安然笑看。

●杜平

抗美援朝

十月金秋起风云，雾罩边关血火殷。
唇亡齿寒安危系，义旗跨江助友邻。

三战三捷

1951 年 1 月朝鲜君子里

迎头痛击敌锋芒，三战三捷士气昂。
武器岂抵正义师，中朝联军美名扬。

板门店谈判

1953 年 7 月朝鲜开城

停战谈判三春秋，打打谈谈几运筹。
何妨较量持久战，我有真理握在手。

长征胜利五十周年

1980 年 8 月于南京

长征播下革命种，春华秋实遍地红。
喜看七五宏图展，锦绣江山更葱茏。

初试垂钓

1985 年 6 月扬州

绿树琼花扬州府，碧水清波瘦西湖。
双双眼睛瞧水面，枝枝钓竿湖边铺。
首次垂钓无奢求，愿者上钩任有无。
喜出望外得数尾，太公当年乐何如？

树亭

1985 年 7 月于南京

庭前广玉兰，雪压几枝残。
树老根深固，叶茂花蕊繁。
绿荫遮如亭，小憩胜凭栏。
居安当思危，老骥莫偷闲。

赠南京女清洁工

1986 年 3 月于南京

黎明即起扫不停，十里长街净无尘。
环境卫生为己任，钢臂铁帚绘文明。

赠杭州疗养院

1986 年 5 月于杭州

湖光山色好，盛世气象殊。
疗养添余热，当酬白衣劳。

杜义德

忆会宁会师
——为会师纪念塔落成暨长征胜利五十周年而作

1986 年 10 月

五十年前会宁城，三军会师齐欢庆。
两万里路历艰辛，烈士鲜血染征程。
今日再聚会宁城，纪念塔前慰英灵。
红军业绩代代传，革命征途永不停。

李耀

国庆三十五周年随感

1984 年 10 月 1 日

陕南解放卅五春，烽火年代记犹新。
为了消灭蒋官军，我军反攻向南征。
我旅攻克卢氏城[1]，奉命速向陕南进。
陕南地处战略地，自古以来兵家争。
开辟革命根据地，吸引钳制蒋胡军。
生活艰苦敌情重，缺衣少食无怨声。
党政军民团结紧，消灭敌人六个军。
陕南全境获解放，中央指示真英明。

[1] 我旅，陈赓四纵队第十二旅。

●李雪三

宁都起义

独夫倒行天地昏，激怒神州赤子心。
春风一夜宁都过，义旗高举奔红军。

旷伏兆

颂地道战地雷战

以弱胜强地道战，陷敌灭顶地雷轰。
四通八达巧设防，东拼西杀善进攻。
天罗地网赛火牛，金瓜铁豆炸害虫。
自古燕赵多豪杰，而今冀中出英雄。

吴富善

磨我长剑卫碧空

1976 年 10 月

黄沙百战万里征，六十余载路重重。
重任在肩志犹在，磨我长剑卫碧空。

陈庆先

手术前的话[1]

八岁放牛斗财主，少年做工抗东洋。
挑水拉车熬日月，人间自由在何方？
风尘千里投红军，跟随朱毛挽乾坤。
三过草地爬雪山，党校学习育新人。
江淮大地洒热血，石头城下气磅礴。
戎马生涯五十载，区区小刀又奈何？

[1] 作者晚年患“腹主动脉瘤”，手术难度大，危险性亦极大。他给军区党委、医院党委及家属写了信，以革命乐观主义精神渡过了手术险关。这首诗写于手术前。

张池明

红二十五军长征

1986 年

大别风雨胆未寒，鄂豫陕边奋危艰。
沧海锻就英雄志，劳山战役震敌顽。
万里征程喜胜利，会师主力序入编。
直罗一仗开新面，西北奠基著史篇。

张贤约

雅江阻击战

1936 年 4 月

雅砻江畔旌旗赤，全师严阵打阻击。
两军会师声威壮，隔岸敌军逃遁急。

欧阳文

第一次反“围剿”

1931 年 1 月

敌酋张辉瓒，率师犯龙冈。
白兵有十万，“围剿”苏区忙。
红军布迷阵，诱敌投罗网。
英明毛委员，料敌如指掌。
小布开大会，动员打胜仗。
军民齐奋勇，岂惧敌猖狂。
龙冈中村战，活捉指挥张。
击溃谭道源，吓走许克祥。
俘获敌无数，枪炮满战场。
初战得胜利，军民喜洋洋。

第二次反“围剿”

1931 年 5 月

二次“围剿”又来临，白军首领何应钦。
统领精兵二十万，稳扎稳打步步营。
红军战略战术巧，神机妙算胜孔明。
诱敌深入根据地，军民协力歼敌人。
富田中村获大捷，再战广昌夺建宁。

半月横扫八百里，歼灭白匪数万兵。
武夷山上红旗展，红军将士显威名。

第三次反“围剿”

1931年9月

蒋贼兵败不甘休，三次“围剿”急如流。
亲统白军三十万，长驱直入占宁都。
红军千里返苏区，声东击西敌人愁。
莲塘歼灭上官部，高兴大战十九路。
方石岭下韩部灭，俘获人枪不胜收。
三次进攻遭惨败，军民联欢共庆祝。

第四次反“围剿”

1933年4月

白云浓雾锁山峰，崇山峻岭密林中。
埋伏雄兵数十万，围城打援待敌攻。
蒋军两师入罗网，四面合击奏奇功。
师长李明陈时骥，一亡一俘入囚笼。
损兵折将又败北，四次“围剿”一场空。

第五次反“围剿”

1934 年 11 月

四月乌云起，“围剿”又降临。
蒋请德顾问，调集百万兵。
军政分三七，步步苏区进。
经济严封锁，堡垒政策兴。
左倾犯错误，决策不英明。
消极防御战，用兵不机灵。
分兵把口守，阵地硬死拼。
主席两建议，塞耳皆不听。
与敌拼消耗，人财物用尽。
苏区渐缩小，被迫长征行。

长征（六首）

一

秋风飒飒战马鸣，红军被迫远征行。
突破四道封锁线，飞越五岭占黎平。
强渡乌江跨天险，攻占遵义救黔民。
打败军阀王家烈，消灭侯旅“双枪兵”。

二

遵义会议挽艰危，全军将士喜上眉。
重占遵义施计巧，再夺娄山显神威。
四渡赤水歼顽敌，三路白军化烟灰。
夜过乌江迫贵市，军威浩荡震蒋魁。

三

红军巧渡金沙江，围攻会理入大凉。
彝汉结盟同举义，民族政策放光芒。
僻壤越隽接相岭，巍峨营盘迫大江。
喜得彝胞来引路，胜利抵达安顺场。

四

军渡大河入天全，穿过邛崃到抚边。
脚踏夹金千秋雪，目览瑶池九寒天。
空气稀薄难呼吸，雪花飘撒铺双肩。
携手翻过分水岭，树下岩边饮清泉。

五

时云时雨又时晴，苍茫无际草地行。
遍地泥潭无寸木，缺米短柴断火星。
乌云覆盖无飞鸟，旷野相依任雨淋。
静坐待更难合眼，遥望天际盼黎明。

六

英勇红军世无双，踏破千山万水长。
雪山草地任飞越，寒暑饥乏无阻挡。
冲破天险腊子口，歼灭顽敌鲁大昌。
铁流两万五千里，挺进陕甘为救亡。

大战平型关

1937 年 9 月 25 日

九月秋风晋北寒，平型关下开战端。
天降暴雨全身湿，地发山洪无处干。
兵伏白崖沟道侧，将隐密林镜里观。
敌人何时入罗网？急煞抗日英雄汉。

远闻车队响声隆，敌军人马进瓮中。
日寇师团四千众，陷我罗网万千重。
枪炮声烈震山谷，贼兵狂呼苦悲恸。
血流成河尸遍野，皇军美梦一场空。

日军暴行

1939 年 11 月范县

日军性残暴，凶恶似虎狼。
抗日根据地，屡遭敌祸殃。
天空烟雾滚，地上尘土扬。
村庄焚烧尽，处处遭“三光”[1]。
鲜血流成渠，尸骨遍山岗。
历历家国仇，血债怎能忘。

[1] 三光，日军所到之处，均采取抢光、杀光、烧光的政策，故名之“三光”。

鲁西夜行

1940 年 12 月吕垓

夜静更深大地沉，策马驰骋鲁西行。
寒风飒飒刺肌骨，蹄声踏踏扬沙尘。
近听村庄惊犬吠，远闻敌楼冷枪声。
拂晓暂宿张楼地[1]，饮马饱餐继登程。

塔山阻击战[2]（三首）

1948 年 10 月九户屯

一

塔山阻击战，威名震敌胆。
蒋氏亲督阵[3]，陆海空进犯。
连续攻六日，敌军有十万。
英雄子弟兵，岂容敌凶顽。

二

为保锦州战，阻敌塔山上。
防守如磐石，出击虎下岗。
上下齐奋勇，官兵斗志旺。
阵地反复夺，杀声震天响。

[1] 张楼，地名。
[2]1948 年 10 月辽沈战役中，四纵和兄弟部队一道，奉命在塔山一线阻击敌侯镜如指挥的“东进兵团”11 个师向锦州增援，确保了东北我军主力攻克锦州的胜利。
[3] 蒋氏亲督阵，指蒋介石曾亲至葫芦岛督战。

三

我军炮火猛，“子龙”师歼尽[1]。
毙俘七千余，蒋氏心胆惊。
英雄获大捷，将士喜在心。
守备创范例[2]，胜利属人民。

广东剿匪

1950 年 4 月惠阳

由桂入粤境，饮马三江边。
兵分各地驻，誓将残匪歼。
军民同战斗，俘获超万千。
收复南澳岛，海防日益坚。

雨花台

1983 年 10 月南京

烈士洒鲜血，历尽苦中苦。
深忆雨花台，后人怎得福。

[1]“子龙”师，指敌独九十五师。该师号称常胜不败的赵子龙师。赵子龙，我国古代蜀国的一员勇将。
[2] 守备创范例，指塔山阻击战创造了“模范的英勇顽强的防御战”范例（见东北总部嘉奖令）。

● 欧阳毅

湘南起义

朱陈痛歼许克祥，湘暴炮声响宜章。
建立政权苏维埃，工农携手力量强。
赤白斗争殊死战，为操胜券上井冈。
灿烂历史切莫忘，团结一致奔前方。

再上井冈山有感

1987 年 10 月

云腾雾袅井冈山，半是天霄半人寰。
碧玉潭边觅胜景，黄洋界上话当年。
朱毛高举农奴戟，袁王革新绿林鞭。
又临秋风六旬去，山区旧貌换新颜。

罗元发

贺青化砭羊马河蟠龙镇三战三捷

1947 年 4 月

胡蛮胡蛮不中用，咸榆公路打不通。
丢了蟠龙丢绥德，一趟游来两头空。
官兵六千当俘虏，九个半旅像狗熊。
害得榆林邓宝珊，不上不下半空中。

●周仁杰

甘溪丰碑耸云天

风雨云烟五十年，豪情伴我回石阡。
当年长征先开路，甘溪突围惊心胆。

刺刀挑开荆棘路，热血浸染尖峰山。
声东击西布迷阵，夹沟水密巧脱险。

木黄会师虎添翼，湘鄂川黔笑开颜。
烈士英魂今安在？巍巍丰碑耸云天。

周玉成

满江红 · 平江起义

血雨腥风，湘鄂赣，鬼蜮弹冠。工农血，赤县尽染，白骨数万。土豪军阀倒算时，黎民长夜何时旦。怎堪忍，干柴遇烈火，兵揭竿。

雪奇耻，惩奸宄；挥金戈，立决断。石穿巧运筹[1]，尽人赞叹。瞒天过海愚周磐[2]，暗渡陈仓闹饷变。义兵起，孤城弹指克，惊湘赣。

[1] 石穿，彭德怀的号。

[2] 周磐，湘军独立第五师师长。

周希汉

陈堰歼敌

黄公美械旅[1]，自诩天下一。
陈堰遭我困，始知遇劲敌。
突围累数度，难得寸步移。
求援电未止，已入战俘席。

[1] 黄公，指国民党军中将黄正诚。

钟汉华

住鸡公山有感

1963 年

一

一阵雷鸣一阵风，刹时阴雨刹时晴。
漫步户外望秋色，沐浴阳光凌碧空。

二

万丈山头别有天，丛林深处吐云烟。
蝉声吱吱调音律，溪水淙淙挂玉绢。

三

雄鸡屹立云雾中，仰首参天若啄星。
尽管蝉虫争吱呀，泰然不作报晓钟。

游桂林

1975 年秋

桂林有芦笛岩、漓江、花桥、月牙前、叠彩山等景。

山山水水紧相连，山尽奇峰水映天。
漓水微波漂玉带，花桥迎客月牙前。
天工巧绣山河丽，芦笛声声奏丰年。
朝霞映绿刊如画，叠彩腾空吐碧烟。

冼恒汉

西进过陇首山[1]

1949 年 7 月

陇头水，陇首山，关中通西域，秦陇分界线。
多少征人从此过，别情依依望长安。
真个是，流水呜咽，山高峻险。
陇头水，陇首山，铁流向西进，首战赢固关。
蒋家王朝命危断，马帮何能将我拦。
你看那，高山笑迎，急流湍湍。
陇头水，陇首山，千年丝绸路，鹦鹉把家还。
陇右人民庆解放，各族人民齐欢颜。
想今后，鱼龙相跃，春满人间。

[1] 陇首山，即陇山，六盘山南端的别称。古又称陇坂、陇坻、陇首。以此为山界，西为甘肃张家川回族自治县、清水县，东为陕西陇县。山势陡峻，道路曲折难行。《三秦记》：“其坂九回，上者七日乃越。上有清水四注下。所谓‘陇头水’也。”

●饶子健

恢复淮北一年有感

1948 年 5 月

去年回淮北，乡亲牵衣哭。
顽敌多猖狂，生活倍艰苦。
人民仇恨深，战士责任殊。
誓用血和肉，拓开幸福路。
淮北归我手，匆匆已一秋。
捷报连篇传，喜讯遍地流。
笑谈兵家事，牵敌如牵牛。
胜利谁决策？全军颂领袖。

聂凤智

淮海战役

淮海鏖兵忆昔年，喜除桀日换尧天。
常思斩将驰驱日，犹记搴旗谈笑间。
芳草萋萋掩忠骨，凯歌阵阵起征鞍。
高风亮节照寰宇，青史长留英勇篇。

莫文骅

悼十三烈士[1]

触目惊心做楚囚，惨如地狱逼人愁。
敢抗横流称直士[2]，要翻逆势做耕牛。
对月吟哦诗泣血，号天封被布塞喉！
烈士刑场歌慷慨，同俦脱险灭敌酋。

井冈山壮士[3]

注视英雄谱：一贼向前攻，
二贼迂侧翼，来势其汹汹。
勇哉一壮士，愤起相交锋，
怒火燃山谷，临危显贞忠。
死生绝不顾，长矛插敌胸，
意志诚可法，浩气贯长虹。
今日朝圣地，山岭绿葱葱，
地灵因人杰，齐慕仰英风。
国事承平日，斗志勿稍松，
敌若来侵凌，万众一如公。

[1] 十三烈士，即 1927 年在南宁被国民党反动派杀害的中共党员、国民党左派人士和进步青年罗如川、何福谦、梁砥、卢宝贤、莫品佳、雷天壮、雷沛涛、梁六度、陈立亚、张争、李仁及、周飞宇、高孤雁等 13 人。

[2] 国民党左派人士、第一中学教员卢宝贤，中秋节与同狱的国民党左派县长李炽南对句，李出上句“聊与今人谈古月”，卢对“愿为直士抗横流”。

[3]1961 年 4 月 6 日，参观井冈山博物馆时，发现一张当年民兵与敌人肉搏的照片，深受感动，故作此。

鹧鸪天·安顺场有感[1]

阋墙一怒率孤兵，蜿蜒西南赴远征。水浪天翻伤劲旅，汗泪横流吊群英！
时势变，举新旌，红军飞渡波涛惊！倮㑩支援掀谷浪[2]，敌人溃退似巢倾。

钗头凤·忆过夹金山

风吼，飞雪骤，山径冰滑悬崖陡。白一色，忽又黑，天气互变，顷刻难测。愕！愕！愕！

闭口，急奔走，拼命坚持还助友。苦跋涉，胜险恶，雪山飞渡，幸未日昃。乐！乐！乐！

萧公在战斗
——忆萧劲光同志在长征中

1990 年 3 月 28 日

一

多载冒烽烟，阵上着先鞭。
无辜遭迫害，颠倒一经年！
长征重率队，健儿近一连。
兄弟军被袭，掩护责实艰。

[1] 太平天国内部分裂，石达开率一支义军转战江苏、江西、湖南、云南、四川各省，至大渡河安顺场覆灭。而我中国工农红军一方面军则在泸定桥和下游安顺场歼灭人，顺利渡河。
[2] 倮㑩是少数民族，现称彝族。

二

敌军临关下，攻击势非凡。
我公急奋起，冲锋势无前。
七十多猛虎，杀声震九天。
敌众吾虽寡，屹立守娄山。

三

随军返遵义，周公极欢喜。
三渡赤水役，黑夜三十里。
袭占仁怀城，公勋无伦比。
乘胜驻茅台，酒香酬知己。

四

万兵能部署，兵少则猛冲。
胜利不矜夸，冤不诉苦衷。
危难仍昂首，临阵血沸胸。
品质耀日月，千古所推崇。

贺新郎·红一方面军长征胜利到达吴起镇感怀

军民排十里，锣鼓鞭炮震天空，雀腾无比！长征血战整一年，恰二万五千里。啧啧称赞众英豪，貌似岷山，旗飘吴起。迎亲人，皆欢喜！

敌曾追堵万千重，更江河雪山草地，所向披靡。只缘突围导无方，湘江损失危矣！遵义正确作决策，勇猛飞杀千古颂。基地盼望，今能安抵。促抗日，变国体。

红七军五十周年纪念

1979 年 12 月 11 日于北京

难忘历代冤与仇，谁甘继续做马牛？
南方霹雳红一角，东亚纷纭震半球。
人民翻身掌金印，勇士夺枪带兜鍪。
半世纪来频征战，血淋大地绿田畴。

坦克进攻演习

宇震山摇蓦地来，云烟滚滚卷尘埃。
火龙喷发碎敌垒，快枪高射灭飞豺。
“铁甲骑兵”逞神武，穿插分割势如虎。
“抗反”追歼策长驱，连战皆捷俘敌虏。
一声号令离战场，轰轰轮动凯歌扬。
茹苦练成真本事，杀敌卫国慎勿忘。

英雄碑

1984 年 12 月 20 日于南宁

1984 年 12 月 11 日，参加百色、龙州起义 55 周年纪念暨李明瑞、韦拔群烈士塑像揭幕大会，有感赋此。

百战开疆百战功，南湖屹立两英雄。

弹雨枪林危不惧，风餐露宿苦亦荣。
虎威赫赫称独胆，妖惊忡忡吓裂胸。
默念碑前心潮激，万人挥泪仰遗风！

郭化若

巧夺汀泗桥

1926 年

水满桥头阵满山，炮烟弹雨战方酣。
奇兵巧越迂回路，夺得征途第一关。

攻克武昌

辛亥义旗十六年，中华光复满廷颠。
扫除龙帜留涂炭，孰为黎民解倒悬。
社鼠城狐犹遍地，豺狼虎豹未除歼。
铁军威震寒敌胆，犹待叶团奋勇先。

南昌起义

名城秋暖树红旗，一夜枪声顽敌瘵。
高阁滕王今在否？红军威望九州驰。

朱毛会师

朱毛会师事亦奇，风雪关山几险夷？
聚集精英三千众，凌云高耸红旗。

西渡赣江

北上宏图待切磋，赣江西渡又如何？
集中力量争优势，巧展计谋少胜多。

四渡赤水

小桥初架渡天兵，避实击虚妙计生。
且听娄山关下战，桥前火把又纵横。

草地

半天云雨半天晴，处处软泥处处坑。
失足坑深不知底，几人设法助攀登。

抗战歌声

惊天动地战歌酣，侵入狂军应胆寒。
杀敌不教片甲遁，雄师铁血壮河山。

秋夜偶成

1943 年 9 月

其一
群山映血月光寒，万垒千堡笑里看。
遍地民兵同破袭，百团战后几多团？

其二
塞外西风着意凉，三军早已备寒装。
自耕自织丰衣食，笑把他乡作故乡。

阮郎归·鲁南战后

1947 年

群山万垒战酣时，风高怒马嘶。将军对客夜敲棋，纷纷捷报飞。
坚城破，战车羁，健儿带笑归。高台又纵钓鱼丝，春风鲈正肥。

调寄高阳台

1948 年 5 月

炮火连天，弹痕遍地，燕云秦月胡笳。廿载风尘，沙场深处为家。依稀夜接天山梦，独倚栏、海隔烟遮。据雕鞍、古道荒郊，日暮春赊。

江南父老倒悬久，盼渡江梅柳，出海云霞。逐鹿中原，渡河行看飞槎。红旗指处摧枯朽，待从头、重建中华。卜归期、一冬残雪，两度荷花。

临江仙·淮海战役

1948 年 12 月

千载义旗初逐胜，惊天气壮河山。合围百万笑中看。中原多激战，几见此时酣？

雪浪翻天风似箭，阵前歌舞狂欢[1]，游鱼釜底待朝餐。明春花盛放，传檄到江南。

重过惠州有感

1960 年 2 月

卅五年前往事浮，戎衣曾立岭清秋。

[1] 我军包围杜聿明集团于陈官庄青龙集后，曾停止攻击，进行 20 天的政治攻势，前线战壕中曾创造了许多生动活泼动人心弦的宣传形式。又值新年，载歌载舞，更形活跃。每日敌军官兵来降者常数百人以上。

荒城梦断三山咽[1]，落月魂销二水流[2]。

投笔寸心寻玉杵，荷戈斗胆碎金瓯。

数来多少英雄血，开遍红花改九州。

一剪梅・壬子除夕有感

1972 年作于逍遥津

战马征途路亦遥，风又萧萧，雪又飘飘。逍遥津畔话孙曹，王气全销，折戟全销。

爆竹声中旧岁消，往事如潮，豪气如涛。诗魂飞傍月轮高，送却今宵，迎着明朝。

贺新郎・庆祝建军五十周年

1977 年

回首风尘路，五十年几番骇浪，几经险阻！万里长征惊天地，抗日八年御侮。运奇谋坚持自主。鏖战中原摧枯朽，喜雄师百万大江渡。乾坤转，凯歌赋。

绿江跨越曾驱虎，挽狂澜红旗高举，中流砥柱。雪岭挥戈边警靖，喜除旧更新明部署。军内外，同欢舞。

[1] 三山，即福州。

[2] 二水，指东江、西江。当时余戍东江，伊人则已往西江之台山，惨然永别，无再会之期，然亦因此成为促余走上革命之一因素。

唐天际

抗日救国保家乡

1938 年

王屋山前作战场，莫嫌军中旧刀枪。
顺风推动黄河水，好像愚公移山岗。
抗日救国保家乡，不顾流血与断肠。
今日刀枪满山下，来朝红旗遮太阳。

黄新廷

江城子·忆洪湖

1983 年 5 月 12 日

当年喝尽麸子汤。自思量，米鱼乡。矢志坚贞，紧握红缨枪。不畏前程多雨雾，挥铁马，响叮当。

洪湖掀起拥军忙。望征人，捉豺狼。让帐腾房，送鞋又送粮。今日振兴怀故土，思贺总，念德昌[1]。

[1] 德昌，即段德昌同志。

崔田民

历史见证[1]

1986年1月12日

日军血债到处有，东北三省债更多。
丰满水库修六年，无辜人进万人坑。

[1] 日本帝国主义侵略我国东北时期，强迫十五万中国劳动人民，建筑小丰满水库发电站。现已查明，有一万五千余人被折磨致死，尸骨被抛进万人坑。

●赵镕

浪淘沙·过北盘江

1935 年 4 月

江中乱石多，屹立巍峨，水深流急卷汹涡。崇山峡谷隘径绝，寇奈予何？

高唱纪律歌，众群皆和，红军哪能畏蹉跎。巧遇仙翁将桥架，跃渡滂沱。

●杨秀山

沁园春·为湘鄂西革命烈士纪念馆落成而作

1984 年 10 月 30 日

洪湖晨光，旭日初吐，千里金波。轻雾袅袅淡，凫游莲畔，鳞嬉娇荷，雁翔列阵，鹤舞婆娑。欲拟西子，犹盛三分壮色。待端阳，聚红男绿女，万众争舸。

当年赤旗几多，看工农奋起挥干戈。我红二军团，逸群、贺总，东江子弟荡妖魔。湘鄂苏区，功留史册，千古风流，任凭说。看今朝，四化创新业，同欢乐。

纪念新疆自治区成立三十周年

1985 年 8 月

回首三十周年前，边陲陡变换新颜。
各族兄弟齐振奋，军民再创南泥湾。
四海英雄叙往事，千军奇玉出和阗。
条条道路连京地，朵朵白云升九天。
瓜果之乡今更美，油电丰盈可为先。
浓郁生机超往古，炽热斗志趋向前。
中央挥手建西北，众志成城赴天山。
花红柳绿春风暖，竞相携手度玉关。

咏怀

1987 年 1 月

大众欲开万世基，红旗漫卷湘鄂西。
一错折摧飞燕哭，千秋含恨子归啼。
险阻绵绵难屈指，征途浩浩有神机。
又逢春到百工巧，国本益坚胜可期。

萧向荣

红军东征

1936 年

红旗高举映飘飘，杀敌歌声入九霄。
欲问赤麾何所指，东征抗日斩鼋蛟。

大军日日向东行，直指黄河问渡津。
为避敌机免暴露，黄昏奔路月轮亲。

沿路经过尽苏区，柴米油盐有应支。
打扫房庭烧热炕，问寒问暖抚戎衣。

北上红军阳月来，新正又向渡头开。
雄师抗日扶民愿，还我河山扫劫灰。

袭占河东岸

1936 年

星沉月暗涌横波，二十八虎强渡河。
猛士心雄天不怕，木舟轻蝶有如梭。
首歼巡夜愁眉鬼，又斩碉楼睡脸魔。
喜我五团先遣队，旗开捷奏凯旋歌。

关上歼敌

1936 年

夜行及旦达终宵，关上军前初试刀。
猛打猛冲挥本色，搴旗斩将夺戎袍。

鹧鸪天·欢呼成功发射科学实验人造地球卫星

1971 年 3 月 17 日

再踏天门叩地扉，探寻宇宙解悬谜。空间领域排魔焰，洲际距离抑兽威。
人八亿，志嵬巍，阎王上帝也披靡。区区几个豺狼虎，谁把他们放眼眉！

萧新槐

卜算子·横城大捷

猎猎义旗飞，夜渡鸭江水。壮志如天慷慨行，号角声声脆。
沙郡点奇兵，捷报横城汇。霞染硝烟战火停，神怡关山翠。

韩练成

莱芜战役后赠陈毅同志

1947 年 2 月

下民之子好心肠，解把战场作道场。
前代史无今战例，后人谁写此篇章。
高谋一着潜渊府，决胜连年见远方。
我欲贺君君贺我，辉煌战果赖中央。

詹才芳

请命赴敌后

1938 年春

日寇侵华气焰凶，我磨利剑为屠龙。
谆谆教导言无尽，絮絮关怀意未穷。
西别陕甘情切切，东牵冀热怒冲冲。
纵骑飞越三千里，誓逐豺狼大海中。

谭冠三

贺人民解放军进驻拉萨

1951 年 10 月

汉将班超斗敌顽，拯民水火戍边关。
卅载忠心护西域，定远侯名万古传。

茫茫雪山疆域宽，祖国版图岂容奸。
驱逐英帝和匪叛，进军宜早不宜晚。

大军西进一挥间，二次长征不畏难。
数月艰辛卧冰凌，世界屋脊红旗展。

男儿壮志当报国，藏汉团结重如山。
高原有幸埋忠骨，何须马革裹尸还[1]。

康藏、青藏公路全线通车有感

1954 年 12 月 25 日

康藏、青藏公路于今日全线通车，望浩荡车队奔驰而来，万众欢腾雀跃，彩旗迎风飞舞，犹如七色彩虹将至，如梦如痴。此刻思筑路献身之壮士，万里坦途辟于世界屋脊，堪称世界筑路史上之奇迹，非我党领导下之军民所不能完

---

[1] 作者积极倡导“长期建藏，边疆为家”的思想，多次表示“死在西藏，埋在西藏”的决心。1985 年 12 月 16 日谭冠三同志逝世后，经党中央、中央军委批准，将其骨灰安放在西藏拉萨八一农场苹果园。

成。几年来，我军民风餐露宿，涉险无数，其艰难困苦之程度，牺牲之壮烈，令人感慨万分！

恶水险山阻重重，万里坦途只梦中。
壁立千仞堪峥嵘，江河澎湃岂容通。

从来鸟兽愁攀越，人迹罕至原野空。
而今五丁开山人，神兵天降奋奇勇。

深山峡谷显好汉，怒江两岸出英雄。
猛士身躯埋沟壑，天险从此变通途。

壮志已酬无遗憾，万叠惊涛敬英灵。
艰难困苦常铭记，扎根边疆更立功。

丁甘如

过雪山草地

1986 年

万苦艰辛出重围，又入雪山荒原地。
饥腹奇寒虽可忍，难碍高原气体稀。

三军肝胆硬如铁，经得狂风暴雨侵。
饥寒交迫不挂齿，全靠主义照征程。

神兵飞夺腊子口，会师陕甘挫追敌。
日寇深入民族危，为求解放战到底。

丁本淳

赞我军取胜

1949 年南下时作于许昌

三下江南敌胆寒，辽沈会战歼敌顽。
平津塘张获全胜，淮海渡江蒋朝亡。

访遵义有感

1984 年 5 月 25 日访问遵义会议会址时作

遵义会议转乾坤，中国人民必翻身。
王明路线遭破产，红军从兹日月新。

于敬山

渡海

1945 年 11 月

月冷霜重夜朦胧，跨海远征出奇兵。
百舸迎波劈绿水，千帆腾浪乘东风。
遥念三省铁蹄苦，回顾齐鲁鱼水情。
临去留言慰父老，且等倒海缚苍龙。

进关参加平津战役

1949 年 1 月

吉辽席卷狼烟平，西进雄师过喜峰。
辽水高歌送战友，燕山起舞迎新朋。
铜墙横亘断塘沽，铁壁环围锁古城。
顽敌虽有六十万，难逃英雄巨掌中。

马卫华

捧口家乡水

1939 年 3 月于庞家洼村

放马唐河边，兵士战犹酣。
捧口家乡水，杀敌勇气添。

纵马横刀

1943 年 11 月于神仙山战场

纵马横刀神仙山，挥师踏碎倭寇营。
拯我中华危亡运，捷报频传慰父兄。

王文

投笔从戎

1938 年

此行东去欲何求，救国平倭失地收。
日寇入侵唯灭国，华人抗暴始出头。
男儿有志杀疆场，商女无德唱秦楼。
投笔从戎神圣业，非偿夙愿誓不休。

王晓

战倭寇

八月秋高马正肥，青纱帐阔做屏帷。
短兵相接歼倭寇，昂首高歌得胜回。

夜　观

1981 年 9 月 1 日旅顺

大海波涛涌，渔船灯照灯。
夜摸鱼儿到，人笑产量增。

王直

赞扬小民参军

1936 年 7 月 12 日

暑月骄阳晒全身，当兵就要当红军。
天热哪有心头热，消灭白军为穷人。

山地游击战

1937 年 10 月 12 日

千重山啊万重山，家乡就在山中间。
山村儿女千百万，祖宗世代都靠山。
自从来了共产党，土豪劣绅被打翻。
红色政权创立起，穷苦百姓皆喜欢。
白军失败心不甘，疯狂“清剿”闯进山。
“三光”政策真凶狠，山村群众遭灾难。
红军征战不畏险，重山叠水只等闲。
艰苦奋斗三年整，消灭白军俱欢颜！

重上茅山[1]

1983 年 5 月 21 日

金山寺前望长江，茅山顶宫着新装。
仙家谈起当年事，铭刻四军远名扬。
茅峰山上雾茫茫，步入宫门闪金光。
微风吹笙薄云散，俯瞰山下生产忙。

[1] 茅山，地名。在江苏省。是新四军 1938 年创建的抗日根据地。

王屏

重返延安抒怀

1987 年 5 月 9 日于延安

一

当年战斗延安城，人民支援闹革命。
陕甘革命根据地，救国救民建奇功。

二

媚外攘内大反共，张杨兵谏胆气宏。
统一战线卓远见，合作抗日促成功。

三

芦沟桥边炮声隆，全国抗日烽火红。
八路挺进敌后方，连战皆捷万民颂。

四

学习文件整三风，统一思想铸先功。
实事求是奠基础，团结战斗更奋勇。

五

生活困苦又艰难，自己动手不靠天。
军民开展大生产，丰衣足食战敌顽。

六

延安精神放光明，千秋万代要继承。
艰苦奋斗齐努力，四化大业定振兴。

王展

坚守

1948 年夏

奉命坚守太极村，全团一心赛真金。
以一抗五四昼夜，通令传来喜煞人。

穷追残敌三千里

1949 年开国大典前夕

盛暑战罢渭水边，冒雨再越祁连山。
猛追穷寇不停步，昨夜西出玉门关。

王作尧

东江纵队成立四十周年

砵盂山上忆当年[1]，榴花塔畔虎门边。
大岭山头烽火旺，南海波涛浪接天。
浴血挥戈经八载，红旗飘展四十年。
狐鼠家奴皆已灭，江山似锦固如磐。

咏南国红棉

1983 年 9 月

山河破碎起硝烟，不作蔷薇作木棉。
独臂岂能遮毒日，红花辉映半边天。
救死扶伤增战力，露宿风餐有炊烟。
南国长流红豆泪，碧血丰碑亿万年。

[1] 砵，或作“钵”。

王英高

晨望

1982 年 10 月

千山万水遥，一坚百关摧。
风雪寻常事，霁览群峰翠。
老牛自奋蹄，新人展翅飞。
天地日日新，龙腾朝霞辉。

王定烈

血洒祁连

1937 年 3 月

戎装征尘染血痕，远上祁连几断魂。
此身剩得三寸气，横戈立马闯玉门。

中原突围（选二）

1946 年 8 月

百战沙场碎铁衣，城南又合数重围。
前后开弓穿血路，削铁劈石不皱眉。

脚踩神农并武当，吃糠咽菜又何妨。
赤脚踢开蒋家将，拨开乌云见曙光。

● 王诚汉

西江月 · 孟良崮战役

处处星飞照眼，腥风血雨飘摇。刀从扑去显英豪，海啸山呼人叫。

七十四师精锐，逞强撒野蛮骄。全师覆没在今朝，四面频吹军号。

王政柱

铁拳指向关中

大军挺进黄龙，迎接战略反攻。
痛歼蒋胡精锐，铁拳指向关中。
新式整军威力，彭总指挥丰功。
缅怀革命烈士，开国奠基英雄。

艰苦奋斗万代传

1986 年 9 月

红军远征不怕难，举世无双钢铁汉，
革命胜利不忘本，艰苦奋斗万代传。

王振乾

宜昌渡江作战

1949 年 10 月

开国元元初战功，雄飞天堑气如虹。
长江素抹春秋笔，明月新华锦绣风。
杜宇声声辞白帝，猢狲滚滚散巴东。
横驱顽匪曾千里，南渡奇兵一扫平。

过野山关

1949 年冬

古道何难不可攀？夕阳空锁野山关。
自从汉相渡泸水，独有红军过雪山。
黄鹤昔闻凌日本，白云深处觅台湾。
楚歌四面蜀先乱，洒扫闲庭人未还。

进军川东

一

马正萧萧旗正飘，渡江覆灭蒋王朝。

中原北望山河壮，大将南征日月昭。
令下恩施扫落叶，兵临奉节访民谣。
好风今予周郎便，策马扬鞭永不骄。

二

火延乌江劫满城，枉依石柱忧天倾。
残山剩水川军乱，末日寒门蜀犬惊。
国土陈尸凄雾雨，英雄健步请长缨。
得来重庆投降表，盼到昆明起义旌。

告别重庆

1950 年初

重庆之行何所循？大江东去自沉吟。
平生肝胆酬知己，还我河山共比邻。
信息弟兄劳雁翼，风尘儿女揽衣襟。
川鄂鏖战归民主，天下三分祖国春。

王银山

淮海战役前感怀

少壮立志出乡关，人生到处是青山。
埋骨沙场中原土，生不求名死不还。

●王健青

西渡汶河[1]歌

1947 年夏

雨后汶河滚滚流[2]，千人万马无扁舟。
男女战友谁笑谁？个个都是光腚猴。

渔夫歌

1948 年 10 月

老渔夫，涡河渡；瘦如柴，破衣服；
早晚捕鱼多辛苦，没有田地和房屋；
今天有鱼换柴粮，明日捕空柴粮无；
没有柴粮忍饥饿，长吁短叹奈何如？
艰窘日子怎度过，那年富裕穷气吐！
老渔夫，有硬骨；参加群众去诉苦；
翻身依靠共产党，分得粮田和房屋，
贫苦日子永结束。

[1] 汶河，汶河主流在山东省泰安境内。

[2] 雨后汶河滚滚流，大雨过后，部队向西转移急渡汶河，没有船，为防水深流急将人冲走，故脱衣互助强渡。

金塘岛
——练武场之夜

1959 年春末

一

夜来风浪梦魂惊，疑歼敌人炮火声。
急起出巡军帐外，蛙声断续到兵营。

二

风起潮声入梦难，枕戈待旦烛花残。
守防战士任风雨，爱国热忱不怕寒。

王智涛

八十自勉

弱冠从军着戎装，须生赴苏进武堂。
八载学成归祖国，培训干部第一桩。
红大抗大训武行，输送将才骋沙场。
不图留芳勉未来，八旬为霞尚自强。

方正

清平乐·忆当年

1988年元月

惊雷乍起，唤得工农醒。打倒豪绅分田地，农会团结民众。
一介赤足牛郎，长缨敢向钢板。浴血长沙城下，红旗又过赣江。

感遇

1988年1月

十六从军行，戎马南北中。
神州春颜色，少将华发生。
挑灯看吴钩，惊梦挽雕弓。
无心事花草，棋杆再点兵。

方明胜

忆赴山东敌后抗日

1941 年 4 月

圣地结学业，时临抗战艰。
朱总作指示，豪气冲霄汉。
七十余干部，编队赴前线。
一心为抗日，不怕路途险。
转战斗勇谋，与敌巧周旋。
六过平汉路，七出太行山。
千里越敌区，廿道穿火线。
历时一年整，行程余六千。
众喻“小长征”，为把日寇歼。

尹明亮

忆白求恩大夫（选三）

当年相识晋察冀，正值烽火鏖战急。
抗敌急需救护术，天助华佗降神医。

医术高明扬四海，谦逊热情好平易。
舍身忘死救战友，多少英雄泪湿衣。

以身殉职惊天地，全军将士奋杀敌。
国际主义树楷模，崇敬之情常依依。

●叶青山

过雪山

1986 年

雪山白茫茫，寒风透骨凉。
左手扶伤员，右肩把枪扛。
北上为抗日，脚下无屏障。
山高志更高，风凉血不凉。

石一宸

回顾黑铁山起义有感[1]

黑铁山上红旗飘，小清河畔聚英豪。
投笔从戎兴军旅，脱下长衫换战袍。
血战渤海驱倭寇，横扫齐鲁斩枭妖。
五军英气今犹在，老骥不老献今朝。

满江红·南京大屠杀展览馆观后赋

扬子江悲，声激愤，千秋铁案。滔滔处，尸横漂杵，满江红染。松井暴施邪与恶，金陵凝铸仇和怨。鬼神愤，匝地丧无辜，三十万。

天堕泪，风云惨，旌旗奋，刀光闪。看长城内外，战云弥漫。屈辱百年铭国耻，峥嵘八载开新面。振神州，更唱自强歌，天行健。

[1] 黑铁山，在山东淄博。

龙潜

渣滓洞

本是风景地，偏使变魔窟。
铁牢囚英雄，黑夜飞血肉。
纵用千般刑，难使志士屈。
睹屋念英烈，凭吊痛心腹。

祭罗世文车耀先

山高千仞插云霄，松林坡上风怒号。
罗车化去血犹碧，留得丹心万古标。

卢仁灿

百团大战纪念碑落成有感

百团大战震宇寰，万众振奋敌胆寒。
狮垴山上丰碑立[1]，英雄史诗千古传。

[1] 狮垴山，位于山西阳泉一带。

忆在上海的地下斗争

忆昔风华正少年，从容报国向南天。
红军北上金沙畔，学子潜踪上海滩。
夜幕沉沉箕斗亮，狂飙滚滚“社科联”。
接头隐蔽安排巧，行动规范纪律严。
暗号铭心生命系，誓言在耳铁肩担。
浦江播火凭肝胆，禹甸腾龙见赤丹。
七十二年弹指去，老兵忆此泪潸然。

平西游击战纪事

卢沟晓月明，西山红叶浓。
居庸峰叠翠，长城飞巨龙。
日寇占东北，古城燃燧烽。
民族危亡日，学子献赤忠。
“一二九”运动，民先打先锋。
宛平事变发，敌寇气汹汹。
全民同御侮，红旗飘妙峰。
创建游击队，扎根民众中。
出没平郊野，叱咤雷电风。
智取敌监狱，同胞出牢笼。
望儿山鏖战，刺刀血染红。
溃敌炮兵队，逃遁若寒虫。

枪打敌机落，铁枭倒栽葱。
炸毁发电厂，敌酋瞎又聋。
战斗在敌后，游击显神通。
刀光寒敌胆，霹雳震魔宫。
倭举降幡日，人民庆丰功。
峥嵘岁月过，大地尽葱茏。
每忆平西事，浩气荡心胸。
东瀛掀浊浪，老兵敢弯弓。

狼牙山五壮士[1]

狼牙高耸阻烽烟，勇士从容把敌歼。
弹尽无援身殉国，悬崖一跃入云天。

忆秦娥·飞越十八盘与老八路会师

寒风烈，漫天大雪行军迫。行军迫，小五台险，十八盘曲。
会师八路坚如铁，山高路险飞奔越。飞奔越，汗流如注，心潮如沸。

念奴娇·忆一九四一年反“扫荡”

倭兵七万，大“扫荡”，政策三光恶极。最恨铁蹄残踏处，骤变人间地狱。分路合围，远途奔袭，难破吾坚壁。又聋又哑，疯狂挣扎三月。

[1] 作者时任该团政治处主任。

军民奋力齐心，青纱地道，游击显神力。户户村村罗网布，机动灵活歼敌。敌退我追，敌疲我打，伏击加奇袭。狼牙山报，男儿勇创奇迹。

念老关[1]

1967 年 7 月

貌赛周仓声压雷，爱马胜过爱自己。
万里长征英雄汉，八年抗战老豪杰。
平凡工作数十年，一片丹心为民立。
祝尔长寿活百岁，喜看全球遍红旗。

解放北平第二监狱三十周年纪念[2]

1967 年 8 月

巧装鬼子日军曹，赚开囚门破狱牢。
解放苦人鱼得水，武装奴隶雁扶摇。
昆明湖畔歌声壮，妙峰山巅红旗飘。
天门沟北敌寒胆，石景山前逞英豪。
金猴挥棒民欢笑，牛魔抱腹哭嚎啕。

---

[1] 老关，1930 年宁都暴动过来的老同志，长期当饲养员。

[2]1937 年 7、8 月间，在中国共产党的领导下，在日军占领下的北平郊区，创建了一支抗日游击队，8 月 22 日，打开了北平第二监狱，解放了政治犯和其他囚徒六百余人，从此游击队壮大起来，战斗在敌人的心脏地区——北平。

从长汀到龙岩飞车所见

1983 年 4 月

郁郁葱葱山连山，弯弯曲曲路盘旋。
明明净净江流峭，潺潺湲湲泉飞帘。
隐隐约约山村烟，平平整整责任田。
束束青青稻秧苗，袅袅娜娜女婵娟。
晚霞夕照醒倦眼，杜鹃花开红烂熳。

浪迹山海

1983 年 5 月

长啸一声，山鸣谷应。
举首四望，海阔天空。
清风徐来，水波不兴。
明月当空，嫦娥垂青。
近水潺潺，悦耳动听。
远山如画，脉脉含情。

冯仁恩

清平乐·逐鹿中原

天长夜短，行军急如闪。大别山上红旗展，逐鹿中原酣战。
昨夜方克开封，今晨又收黄龙。正叹突围神速，会师依旧从容。

长征

沉沉夜雾锁大江，红军十万走大荒。
莫谓星火难燎原，南方不亮有北方。

黄麻起义

万家墨面起蒿莱，打翻地主和老财。
黄鹤腾跃龟蛇舞，雄鸡一唱楚天白。

冯维精

青化砭战役纪实

1947年3月28日

胡蛮攻延得空城，直攻安塞又扑空。
晕头转向苦无策，急令李旅朝北行[1]。
三十一旅向北窜，旅直另辖一个团。
我军设伏青化砭，摆好口袋待敌钻。
待敌一日不见人，彭总笑谈情报准。
翌日敌兵果然至，全歼生擒李纪云。
我军转战才七天，首战告捷转五边[2]。
军民欢呼打得好，神机妙算胜敌顽。

沙家店战役口占

1947年8月23日

灰日动员总攻榆[3]，文晚大军齐转移[4]，
行军夜遇倾盆雨，为歼敌军心更急。
三十六师似熊罴，横穿沙漠来援榆。

[1] 李旅，指敌三十一旅旅长李纪云的部队。
[2] 五边，指陕甘宁晋绥边区。
[3] 灰日，即8月10日。
[4] 文晚，文日即12日，文晚即12日的晚上。

元日抵榆神未定[1]，寒日掉头背向西[2]。
分兵两路向东行，沙家店内被我攻，
首尾分割皆被歼，衹逃丧魂一钟松[3]。
攻榆打援调胡兵，南渡黄河有陈赓。
北歼南进双胜利，从此我军大反攻。

[1] 元日，即 13 日。
[2] 寒日，即 14 日。
[3] 钟松，敌三十六师师长。

朱兆林

草地行

1986 年 9 月

一

茫茫草地渺无烟，烁烁红星耀人间，
方跨党岭终年雪，又迈泥泞沼泽险。

二

断炊断粮忍饥难，牛皮野菜赛美餐，
青稞青黄不相连，搓毛双手胜磨盘。

三

薄衣难御夜风寒，草地赤夜篝火燃，
风中露营头枕雪，相依驱凛温心暖。

四

风尘万里皆坡坎，浴血征途戒险关，
古来世人谁一页？唯我红军英雄汉。

纪念红军长征五十周年

1986 年 11 月

红军长征创奇迹，四渡赤水如神迷。
巧渡金沙显妙计，飞夺泸定铁索奇。
北上抗日数万里，千难万险无畏惧。
跃过雪山跨草地，星火燎原传主义。

●朱鹤云

百色起义

记得当年左右江，农友揭竿建武装。
汉壮兄弟同征战，血染红旗战歌扬。

任荣

浣溪沙·长征胜利感怀

壮举长征不世功，千关勇士斩顽凶。回天圣手仰毛公。
万里铁流辉史册，薪传踵武战歌洪。中兴华夏运筹雄。

霜天晓角·忆锦州战役

关门打狗，态势惊强寇。开创劣装赢敌，新范例，俘群丑。
宏韬辉北斗，凯歌屠龙手。成败悉从黎庶，昭向背，红旗耧。

华楠

鲁南战役有感

1947 年 2 月

雪送寒冬迎春天，骄师汹汹窜鲁南。
南下北上捕战机，东堵西围争时间。
飞兵临敌酒未醒，铁甲失据陷泥潭。
鹰犬无计天不助，可怜快纵成快餐[1]。

莱芜歼敌

1947 年 2 月

七龙穿云雾[2]，莱芜起硝烟。
密布口袋阵，蒋军听调遣。
枪炮齐怒吼，杀声震破天。
逃敌窜西东，哭叫连成片。
忽听喜讯报，敌酋押门前[3]。
审者虽和善，一问一抖颤。
正义胜邪恶，顽敌终被歼。
运输大队长，任务颇辛艰。

[1] 快纵，指国民党第一快速纵队及 5 个整编旅，共 5 万多人。
[2] 七龙，指华东野战军七个纵队。
[3] 敌酋，指李仙洲，国民党第二绥靖区副司令。

陈总打收条，五万又六万。
快马再加鞭，好戏在后面。

车敏瞧

有感

1979 年

中外盛产一眼收，电子入帐现孙猴。
八旬老龙勇跃猛，卅年胜过两千秋。
东方欲晓睡狮醒，兴振雄翅展宏图。
小儿当知鹏程远，老翁更莫空白头。

故乡新貌

1982 年

一

黄河堤引寨子头，寨原从此旱莫愁。
昔日浊龙为大害，今朝细浪随我流。

二

夜明宝珠户户悬，电机隆隆油味甜。
石磨憨然对我笑，万年辛苦今日闲。

三

铜翁沉睡亿万年，愚公叩开中条山。
出土宝藏映日笑，遍地烟囱写诗篇。

四

两原两河湾里村，冲天杨柳绿森森。
十年成材栋梁树，犹忆烽火护征人。

五

喜看故土新屋添，穷是鸡豕富彩电。
廿载忙奔小康乐，百年奋耕富强田。

刘汉

闻警

天西几处倒狂澜，变色山河指顾间。
何以人心分向背？要看鱼水是离欢。
亡羊告我牢应补，闻警知谁枕可安！
莫道城门烟火远，池鱼当计热能传。

重回胶东

长驱胶海三千里，已是七年重到人。
偏爱乡音原耳顺，再回故土倍情亲。

无题

有客来谈军衔级别者，以此作答。

从来时势造英雄，灿烂星徽纪战功。
未灭匈奴应有恨，当无李广叹难封。
万千气象春来早，尺寸山河血染红。
生死都能置度外，斤斤何必计穷通。

军事博物馆建馆三十周年纪念

军徽金塔耸云端，惨淡经营三十年。
星火燎原成大业，哀兵苦战换新天。
愿将战士英雄血，谱写人民教育篇。
全馆诸君多奉献，滥竽八载愧诸贤。

八十书怀

老来山海息游踪，战火犹留八十翁。
拄杖能扶双足软，挺胸犹跳寸心红。
曾抛汗血浇沃土，定致江山到大同。
莫道前途风浪有，神州代出补天工。

刘春

外线出击

1947 年 8 月

彻夜行军到曹西，荆柳丛中尽惊疑。
敌我交错浑难辨，战局转换一时迷。
二哥指路去又返，老农叙话泪眼低。
刘邓已渡黄河去，行见反攻如卷席。

过乞力马扎罗峰下

1977 年 2 月

横空披雪照眼明，此是非洲第一峰。
白云缠腰显俊逸，赤道在旁仍从容。
东非风光此为最，人民友谊高略同。
不怕骄阳当头晒，冷静沉着唱大风。

谒周恩来诗碑[1]

1986年7月

日理万机周而全，不忘总理恩如山。
世代友好来与往，最是情深诗碑前。

[1]1986年7、8月间，作者应日本外务省的邀请赴日本访问，7月2日在日本友人陪同下往岚山谒周恩来诗碑献花致敬。

刘光裕

卢沟桥事变

1937 年 7 月

日寇侵满犯关中，群情激愤义填膺。
南京妥协反民意，延安高呼救国声。
真理感动兴兵谏，正义风发内战停。
卢沟炮响震全国，中华从此步新生。

百团大战

华北八路军发动百团大战，冀中军区八,九两分区，奉命发起任（邱）河（间）大（城）战役。进击敌人边庄（任邱[1]）良家村（肃宁）等据点，全歼守敌。

日寇占城向外伸，狂修据点控乡村。
细碎分割路织网，星罗棋布碉戍林。
八路雄师攻势猛，百团大战震乾坤。
兄弟分区并肩战，拔点歼敌快人心。

[1] 任邱，即今河北任丘。

清平乐·白洋淀武装抗战

1937 年 9 月

风云激荡，卢沟炮声响。逃退蒋军沿路抢，百姓非常失望。
安新城外洋淀，苇塘连接成片。民众武装纷起，铲除日寇汉奸。

保北战役

1946 年 10 月

月夜挥鞭越隘关，雄兵主力出燕山。
毁桥破路军民力，灭匪除奸万众欢。
痛击五师涞水地，全歼一旅在河边。
挥师切断火车线，扫尽残敌俱开颜。

攻克石家庄

1947 年 10 月，国民党第三军罗历戎部北上增援保定，在清风店被歼，石门孤立。华北野战军集中主力，于 11 月攻克石家庄。

石门背靠太行山，铁路联通地险严。
蒋匪聚踞民受害，雄师伐罪义担肩。
外围支点先攻克，巢穴碉心再聚歼。
孤立无援守备弱，攻城力战胜开端。

刘秉彦

边家铺之战

残月下，西风尖，千轰万炸墙已穿。
湿处擒敌衣上血，不眠之夜夜如年！

天方晓，洗军衣，征人饥饿早饭稀。
连日不眠频梦见，断墙打滚士未归。

士不归，速行军，白洋淀远急煞人。
绕道郑州审俘虏，伊豆文雄别一樽。

江民风

忆塔山阻击战

中央军委定奇谋，截断北宁打锦州。
赳赳雄师围城下，顿使老蒋陷深忧。
疾飞沈阳亲部署，妄图反扑救死囚。
我团受命阻援敌，坚守塔山扼咽喉。
敌炮轰击频如雨，敌机盘旋弹乱投。
“效忠”“敢死”齐出动，个个凶恶似野牛。
我军将士如猛虎，斗志高昂壮海陬。
誓死确保阵地在，人存寸土绝不丢。
艰苦奋战六昼夜，杀得敌人尸堆丘。
塔山阻击创奇迹，英雄团队美名留。

严光

怀徐海东军长

黄浦江畔腥风起，八一南昌枪声急。
血火诞生红廿五，鄂豫皖区红旗举。
窑工出身铁骨铮，出生入死立大功。
运筹帷幄胜诸葛，百世流芳徐海东。

记新四军九旅二十六团

抗日旌旗出泰山，金戈铁马未下鞍。
铜邳城头易旧帜，洪泽湖畔换新幡。
朱岗枪声破天晓，山头落月照孤韩。
闲来漫话英雄事，至今犹忆廿六团。

严政

鹧鸪天·金城战役

大雨滂沱破敌营，天兵并辔缚长鲸。四师烟灭儿皇泣，重炮灰飞霸主惊。
新木秀，彩云轻，凯歌捷报满金城。克酋惶恐签名急，停战欢呼喜气腾。

李元

霜天晓角·皖南突围

1941 年 1 月

八千英烈，风雨石坑夜。青弋江涛澎湃，流不尽，忠魂血。
国仇犹未雪，相煎何太切。休说合围如壁，革命火，焉能灭。

长津湖战斗

1950 年 12 月

冰湖风雪疾，战士仍单衣。
夜半烽火起，山壑惊鼓鼙。
杀声四面紧，枪炮半月急。
白刃凝黑血，硝烟染红旗。
步兵驱坦克，堪称天下奇。
美军弃甲去，谁曰不可敌？

●李伟

延安七唱

——调寄《蝶恋花》

1986 年 5 月 3 至 23 日

一 枣园

花树如昔怀故旧，四四年前事把心弦扣：长辈叮咛情意厚，学习劳动肯搏斗。

“七大”召开定宇宙，还靠运筹帷幄凯歌奏。今日延安看不够，枣园更是风光秀。

二 杨家岭

窑洞石桌依旧景，还是青山绿水杨家岭。“七大”会堂留传统，团结胜利功彪炳。

文艺座谈话耿耿，细认当年人物有合影。一架辘轳深水井，沧桑历尽发憧憬！

三 王家坪

朱帅庭前有老树，彭总窑间展出白棉褥。见物思人且止步，缅怀伟烈忠贞著。

纪念馆中陈列物，指点红军转战陕甘路。抗日战争为砥柱，延安圣地人心慕。

四 延河桥

延水清来延水浊，雨后滔滔大水河难过。喜见延河桥五座，延河两岸增辽阔。

往日颓垣遍角落，尔刻高楼大厦相交错。朴素精神光闪烁，延安风格继无辍。

五　清凉山

年迈登高脚步重，一览清凉山上万佛洞。山顶祠堂塑像供，“先忧后乐”范文正。

山侧当年夜景盛，革命烘炉“抗大”灯光众。旧地重游真如梦，依然爱唱《延安颂》。

六　宝塔山

曾记宝塔山路陡，仰见宝塔指向重霄九。驱车盘旋山上走，登山不过一挥手。

俯视延安真抖擞，变化惊人忘返流连久！更把凤凰山麓瞅，斜阳辉耀延河柳。

七　南泥湾与桥儿沟

此去延安一日游，未到南泥湾与桥儿沟。转调填词歌一首，凭回忆也暖心头。

四载南泥湾驻留，屯垦练兵炮校雄赳赳。鲁艺桥儿沟育秀，香花扩种遍神州。

李勃

念奴娇·过封锁线

1943 年冬

满腔怒火，民族恨，何惧倭奴狡黠。勇士穿行封锁线，汾水裂肤寒彻。路过同蒲，昏沉暗夜，百八里飞越。笑回首处，敌倭直似盲瞎。

四次强化治安、凶残多暴虐，人民英杰，武工队巧为护送，群众重围凶猾。村报敌情，户送食水。直插晋西北。军民团结，誓将仇虏歼灭。

东进

1947 年冬

一

挥师东向气如虹，挺进四平出热东。
踏遍辽河千里雪，寒威怎奈众英雄。

二

住行衣食靠人民，转化战俘扩阵容。
新式整军显威力，辽沈大捷建奇功。

李真

忆江南·一九三四年八月红六军团撤离湘赣苏区

禾水去，遥望井冈斜。收拾泪珠怀故土，誓将热血育红花。立志趁年华。

突破封锁线[1]

1934 年

山头迎战赤旗飘，山下围嵎饿虎嚣。
宿鸟归飞云蔽月，竹林惊动犬狂逃。
夜驰小径人健步，晓察戎衣汗水浇。
号角连声惊大地，破围砸锁任逍遥。

满江红·萧克指挥渡湘江

1934 年

远眺湘江，云山下、雨狂风扑。高浪阻、虎狼作恶，独舟难渡。子弟八千情激烈，将军十计军情确。马长嘶、月夜映刀光，胸成竹。

登高望，兵行速。烧敌堡，鸣号角。破围行千里，险关频蹙。统率强兵攀五岭，身担重任智谋足。征人思、百战历辛劳，功勋著。

[1] 红六军团奉中央军委命令于 1934 年 8 月 7 日突围西征。

初征五千里[1]

1934 年

日暮秋风爽，晨光踏路霜。
荒山连堡垒，蓑草铺地床。
故土繁星在，千情恨水长。
挽弓驱虎豹，驰骋战天荒。

浣溪沙·元旦过芷江

1936 年初

云淡碧天寒雀家，江边丛树落昏鸦。渔歌长笛水扬花。
夜听枪声残火灭，晓看飞剑斩龙蛇。乡亲擂鼓盼朝霞。

路经湘黔边

1936 年

万壑千岩藏土酋，黎民切齿报冤仇。
“幽灵”破土游寰宇，勇士登高一望收。
风雨来时天地动，烟尘起处铁马流。
笙歌一路心情爽，苗岭春归细雨稠。

[1] 红六军团为中央红军长征的先遣队，驰骋湘、桂、鄂、川、黔等省，突破敌人多道封锁线和围堵圈，大家怀着喜悦的心情，盼望与贺龙等同志领导的红三军会师。

初上抗日前线

1937 年

塞上长风骥泪斜，黄河怒吼寇侵家。
平沙砾砾连根砥，朔雪飘飘战齿牙。
易水呜咽无冻意，桑干夜哭伴寒鸦。
荒村古井人初背，野火熊熊斗恶蛇。

反“清剿”

1942 年

春夜悲凉怒发根，秋晨篱外乱云奔。
荒村枯树群蛾死，乞讨行人入鬼门。
昨夜军令探寇堡，明朝坦伏缚鹏鲲。
黄沙掺雪炊烟灭，黑壑卧冰冷饭吞。

抗战进入反攻阶段

1945 年

燕山晓雾朔风消，碧野晨霜度小桥。
系马茅棚棚不见，存枪旧库库成焦。
村村道路通城堡，个个英雄捣鬼碉。
江北岭南千万里，凯歌阵阵入云霄。

抗战胜利感怀

1945 年

北岳旗开得胜欢，太行拔剑雪光寒。
千回逐虏唐河道，百战群雄易水滩。
东渡辽河追败敌，南收桂粤换征鞍。
寒来暑去忘岁月，仰望蓝天庆国安。

沁园春·西进

1949 年

号角连营，战马嘶鸣，日夜急驰。任风吹雨打，轻寒燥热，寻魔去处，猛打穷追。怪兽垂头，心惊胆战，胡马纷逃弃巨资。旌旗展，正鹰追大蟒，更缚熊罴。

赳赳铁马雄骑，趁逃向兰州之敌疲。一举登城上，铁关险道，号称奇彪，统统稀泥。单匹孤逃，咬牙切齿，赢得仓皇无处栖。开心处，问胜利何日？且看晨曦。

李健

英雄的冀中军民

冀中“五一”天地昏，滔天罪魁是冈村。
“铁环阵”摆兵五万，毁灭平原狼子心。
“扫荡”“清乡”两月整，军民五万成冤魂！
血流成河尸遍地，家家嚎啕哭亲人！
星罗棋布点、碉、路，人间地狱气森森！
黑云遮日乾坤暗，月落乌啼夜沉沉！
深仇孕育连天火，大恨催发动地瞋。

李孔亮

西江月·忆一九四二年初津西战役

1978 年

曾惊星罗棋布，巧向蛛网摘环。倭寇剔劫烧杀抢，可笑悬赏低贱。
涉汶洋渡清堑。绿长城百里营。奔袭永清战梨林，确保稻乡安宁。

忆义店反合击战斗

1982 年 7 月 20 日于洛阳

封锁沟边作战场，义店炮声隆隆响。
声声枪炮如号令，层层烈火烧野狼。

李中权

思念

家仇国恨忆当年，跟党从军过雪山。
草地征途亡父母，悲歌一曲动人寰。

清平乐·辽沈战役

天高云淡，辽沈空前战。席卷沙场兵百万，要把乾坤扭转。
锦州打狗关门，敌人大部俘擒。四野挥戈南下，旌旗首指平津。

李永悌

不获全胜不收兵
——为总参三部创建五十周年而作

1982 年 1 月

战争年代战火生，长征路上照明灯。
五十年来征战苦，不获全胜不收兵。

离休之后

1982 年 12 月

年老离休志不休，执笔学书从开头。
精神文明方向对，余热光华度春秋。

纪念长征

1983 年秋

两万遐程又五千，三经草地与雪山。
国强物阜民丰日，未忘艰辛五十年。

李化民

宁都起义

宁都起义号声扬，两万官兵换武装。
夜半西风吹最烈，红旗漫卷马蹄香。

浣溪沙·纪念红军三大主力会师

遵义城头耀启明，红军重又显威灵。千关飞越鬼神惊。
甘陕会师金鼓振，救亡解放破坚冰。神州遍奏太阳升。

李世安

忆南方三年游击战争

1987 年 12 月 5 日至 12 日，参加《南方三年游击战争》史料丛书编审委员会第二次会议，欣然命笔。

艰苦卓绝是三年，百万群凶“清剿”繁。
掳掠奸淫民遭燹，千村薜荔断炊烟。
鄂豫皖边群奋起，赤旗高举战敌顽。
纵横八省十四域，保存火种熊熊燃。

李世焱

伤心恨

1938年12月

从军十年别，今朝过家乡。
屋舍何所在，满目尽凄凉。
荒丘墟瓦砾，瓜藤满院墙。
邻人密集至，问客来何方？
惊讶又欢异，争先看戎装。
含泪问亲友，何处住我娘？
你母发已白，寄居邻东厢。
对面闻我语，才识己儿郎。
两眼泪急下，痛苦诉衷肠。
发妻迫害死，孤冢草苍苍。
婉言慰我母，切勿复悲伤。
男儿志为国，崎岖路更长。
不作隔夜留，催马奔疆场。

李布德

夜过党岭山

1936 年 4 月

红军长征举世鲜，铁流夜过党岭山。
巍巍群峰银龙舞，英雄大战鬼门关。
弥漫瘴雾何所惧，北上抗日志更坚。
登上山巅红旗展，喜看东方破晓天。

李赤然

监狱抒怀[1]

1933 年

酷刑只等闲，凌云志冲天。
推翻旧世界，信仰炼更坚。

[1]1933 年，作者任安定县区委书记时，被捕并被关押在陕西省榆林第三监狱，受尽敌人酷刑。此诗为当时所作。

李钟奇

夺取倒马关

1937 年 9 月

卢沟烽火连中原，首战平型奏凯旋。
自古兵家争要地，铁骑飞驰倒马关。
孤军浴血战犹烈，六郎碑前敌胆寒。
莫道我比先贤勇，长城头上鼓角欢。

李铁砧

炮兵入城

1949 年

投笔从戎进炮兵，连年北战与南征。
我军大胜敌军后，高奏凯歌入北平。

●杨恬

欢庆潜艇水下首射导弹成功

神剑破狂澜，青锋游广寒。
慧眼追千里，顺风捷报传。
薄雾笼山野，高樯指九天。
奇阵列东海，今朝更好看。

杨国宇

飞弹吟

船驰大洋外，弹射赤道天。
不容核垄断，永执逐浪鞭。

长城站颂

洁白银沙铺大洋，冰雪王国多宝藏。
建站造福全人类，五星红旗又增光。

●吴西

忆由香港陪邓拔奇到红七军[1]

一

陪伴拔奇到七军，路途扮作贩牛人。
重过家门未可入，白色恐怖抑亲心。

二

神州万里泛银波，几处今宵重枕戈。
但愿人间休似月，阴缺时少圆时多。

[1] 邓拔奇，曾任广西特委书记，后于广东牺牲。

吴林焕

小捷

1940年春

昨夜奇袭小试刀，谈笑挥洒入敌巢。
擒来丑类献阶下，枪口硝烟仍未消。

首次击落美军王牌飞机[1]

一

铁鹰展翅天地动，亦是雷电亦是风。
流云飞星织烈火，曳光金焰化长虹。

二

九重豪气贯银甲，一腔热血染碧空。
回笑王牌随逝水，彩云奏凯壮军容。

[1]1950年12月至1953年7月，我志愿军空军先后共有10个歼击师21个团672名飞行员参加战斗，击落击伤敌机425架。

●汪洋

饮马汉江边

三八防线坚，临津江水寒。
三奇复三险，破阵旦夕间。
抚琴总统府，饮马汉江边。
应谢信使者，香江有书笺。

登雁门关

雁门关上望悲鸿，今日还闻战马鸣。
列阵高丘埋烈骨，忠魂犹护古长城。

宋维栻

吊白沙门岛烈士歌

充塞天地英雄气，纵贯古今生死情；
我身未随先烈去，留赋挽歌祭英灵。
昔有萧萧易水歌，匹夫之勇图一逞；
今有壮士跨大海，血战白沙鬼神惊。
白沙小岛狭长形，岛外之岛地势平；
距敌巢穴在咫尺，滩头稀泥草不萌；
鹭飞鱼跳蟹横走，云蒸雾熏咸且腥；
浪翻潮涌日夜吼，浑如震天厮杀声。
钦先烈之伟志兮，创木船打兵舰之奇迹；
哀先烈之不幸兮，陷绝地遭顽敌之围攻；
赞先烈之勇武兮，虽九死而犹奋战；
颂先烈之坚贞兮，宁玉碎而不苟生。
天崩地裂爆巨响，电光血影化彩虹；
硝烟弥空日暗淡，海鸟远遁龙潜形；
血凝白沙成碧草，骨植咸泥变青松；
人间长留浩气在，史册永志烈士名。
呜呼哀哉！我哭战友声哽咽，万里南征一路行；
我祭战友肠寸断，战前宣誓同死生；
我思战友夜难寐，幽明阻隔不再逢；
我梦战友颜如故，醒来遥见月朦胧。
椰风舞袖拭丽日，蕉雨滴泪洗长空；
忽闻琼崖花似锦，回看天涯旗正红！

●张华

忆反“扫荡”

秋风卷来骤雨狂，滹沱河岸反“扫荡”。
滚垄沟坡遭围困，怒对三面狗豺狼。
悬岩绝壁置身后，陡峭十丈无处藏。
誓死拼做革命鬼，跳岩碎尸又何妨！
突见岩壁一细缝，一截树枝挂中央。
绝处逢生机运妙，攀树突围从天降。
首长派人寻尸骨，疑我早已见阎王。
忽闻归队喜望外，挥拳紧抱泪盈眶。
十里乡亲争相告，“神仙科长”传四方。

张挺

解放太原

1949 年 4 月

阎顽盘踞卅八年，压榨民脂极凶残。
今朝大军齐压境，双虎突城破险关。
十万残敌全歼灭，生擒孙楚并岩田。
名城雾散还民手，三晋父老皆欢颜。

●张衍

哈军工赞

陈赓大将，受命疆场。
人才开发，创建学堂。
军工育人，德才优良。
宜军宜政，亦工亦商。
科技攻关，竞我所长。
常规尖端，国力增强。
两弹一机，屡试锋芒。
国防科大，继承发扬。
教学科研，相得益彰。
中流砥柱，神州辉煌。

张翼

琼海红色娘子军

琼海丛林密森森，万泉河水广且深。
分界岭前枪声急，知是红色娘子军。

●张少虹

破敌重点进攻

1947 年 5 月

桂匪七军侵苏村，天兵奔袭午夜临。
正拟选择突破点，急令回返任务新。
朱家坪坳兴劲旅，孟良崮上杀“御林”。
虎穴掏崽英雄胆，山上山下俘成群。

●张中如

战察绥

1948 年

朔风拥黄沙，霜雪凌衰草。
塞外秋似冬，衣单意气浩。
歼敌拔集宁，陶林传捷报。
巍巍大青山，英雄刀不老。

张平凯

二次占领平江

1930 年 8 月

四年革命增日晖，转战湖北与江西。
红军攻占长沙市，岳麓红枫遍山飞。
乡亲嘱我杀白匪，父亲劝我学红规。
瞻望全程还太早，马列必胜定无疑。

随军进长沙

1930 年 8 月

长寿少先队[1]，参战顶呱呱。
宣传支前线，帮助抬担架。
莫看年纪小，不比大人差。
少年作榜样，随军进长沙。

[1] 长寿，指平江县长寿街。

平型关战斗颂

1937 年 9 月

雷震平型关，日军哭坂垣。
八路老红军，威名天下传。

太阳旗落地，武士道升天。
抗战第一仗，信心从此坚。

张汝光

革命军人

军人征战在沙场，奋斗焉为百世芳。
赢得江山红一片，何怜热血洒八荒。

张蕴钰

长相思·首次核试验之夜

光巨明，声巨隆，无垠戈壁腾蛰龙。笑看触山崩。
呼成功，欢成功，一剂量知数载功。欣听五更钟。

陈沂

送韩先楚出征

一

先楚练兵在徐闻，我来催粮助远征。
东风一起千帆劲，木船渡海大功成。

二

望海楼边夜不眠，一心一意想海南，
凌空蒋机声犹在，千军万马现敌前。

陈海涵

祝捷

1947 年

三战三捷壮军威，礼炮响过九州雷。
决胜千里齐欢庆，运筹帷幄矢是谁？

陈锐霆

不使敌人片甲归

沂水清，蒙山翠，军民团结显神威。
黑云压境无惧色，不使敌人片甲归。

林毅

忆渡江第一船

昔日战地漫硝烟，长江强渡第一船。
重览金陵换新貌，共慰忠魂笑九泉。

罗应怀

战旗咏[1]

战旗猎猎壮威风，炮声隆隆阵前冲。
累累弹洞皆虎胆，斑斑血迹是英雄。
南征北战硝烟去，本色依然火样红。
四化前程添秀色，万千纛麾俨长龙。

[1]1931 年至 1932 年，作者是红四方面军第十二师三十四团一营的旗手。1977 年秋，作者到成都革命纪念馆参观，发现那里陈列着当年的战旗，十分感慨，便写下了这首诗。

钟国楚

金星照我还

难忘挥泪别江南，逐鹿中原奏凯旋。
百万雄师过天堑，金星灿烂照我还。

●段德彰

露宿康庙寺[1]

1935 年初夏

彻夜倾盆雨，卧篷逐水流。
蹲立待报晓，一宵胜十秋。

[1] 康庙寺，在川西北藏民区。

姜林东

解放杭州

突破江防取贵池，雄师所指尽披靡。
彩旗熠熠通花港，春雨潇潇过白堤。
千里风驰收逆旅，三军电掣卷枯枝。
如今胜景还黎庶，一曲高歌露曙曦。

临江仙·赞驻港部队

猎猎军旗红似火，文明劲旅英雄。五年成港誉声丰。洁身尘不染，亭立若芙蓉。

使命崇高生壮志，争当卫国先锋。港防职责记心中。紫荆花璀璨，战士永鲜红。

贺晋年

怀子长 [1]

游子今日归故乡，古稀千里祭子长。
九泉忠魂对我笑，浩气热血化冰霜。

怀志丹

四十六载别志丹，古稀之年返灵前。
老泪纵横怀忠骨，一代风流永不还。

[1] 子长，即谢子长。

袁福生

长征三首

突破乌江浪卷沙，木黄会师雪飞花。
十万坪川报大捷，山区播火长新芽。

陈家河畔决雌雄，以少胜多伏子龙。
桃子溪边缴重炮，全歼强敌建奇功。

三路齐攻战略高，天门炮火响云霄。
进军大庸追穷寇，瓮中捉鳖何处逃。

栗在山

戈壁吟

浩瀚戈壁兮，气候异常。
终年不雨兮，极端荒凉。
狂风大作兮，沙石飞扬。
天昏地暗兮，日月无光。
苦战三年兮，景况改良。
新型村镇兮，技术厂房。
梅花绿洲兮，沙枣柳杨。
红日高悬兮，碧空清朗。
火箭腾空兮，众喜欲狂。

贾若瑜

长征途中口占（二首）

过雪山

1936 年 8 月 1 日于剑步塘

红军志气豪，不怕雪山高。
谈笑攀星斗，困难脚下抛。

过草地

1936 年 9 月 9 日于包座

茫茫大草地，千里无人烟。
廿日军粮断，饥寒苦逼煎。
搀扶难举步，革命志弥坚。
北上披星月，红旗映九天。

浪淘沙 · 过猿猴（元厚）红军渡

信步猿猴，我自神游。虺江四渡挽危舟。进出川黔天地广，袖里奇谋。
何事可堪忧？又拭吴钩。娄山一战震寰球。巧渡金沙龙入海，伟业千秋。

红军三大主力会师会宁

一

征程万里越津关，北国秋风夜雨寒。
踏遍雪山红旆动，艰逾草地怒潮翻。
难堪顽敌惊魂丧，喜见飞鹊笑语欢。
点将台前英杰聚，三军会合报春还。

二

苍苍皓首忆长征，往事萦思话会宁。
万里风尘新日月，千秋勋业壮红旌。
围追堵截徒劳力，走打盘旋善用兵。
夺隘斩关飞将勇，三军云聚怒潮生。

满江红·赠淮海前线战友

1948 年 12 月

逐鹿中原，有多少、英雄豪杰？凝眸望、燎原烽火，大江南北。陇海初战歼黄匪，双堆又报擒顽贼。靖徐淮、指日渡长江，声威烈。

古今事，从何说。乾坤转，民怀切。趁东风万里，那堪停歇。破敌金戈挥落日，进军铁马迎寒月。看来朝、红旆遍神州，新中国。

后记：1948 年 12 月，我写给淮海前线第九、第十三纵队战友们《满江红》词一首如上。1949 年初，接第九纵队宣传部长罗义淮同志寄来《和满江红》词一首。

酹江月·青岛解放五十周年

星移斗转，又匆匆过了，几多年月？血战三齐驱虎豹，一扫烟消云灭。甲舰逃离，牙旗坠地，陆海皆传捷。明珠无恙，彩霞光射南北。

直指港口滩头，重关踏破，炮火惊天阙。鼓角声声盈宝岛，又听凯歌层叠。逐北追奔，妖氛荡尽，豪气吞河岳。江山如画，普天同庆佳节。

纪念抗大建校六十周年怀陈赓同志

旌旗猎猎破津关，逐鹿中原敌胆寒。
万里长征探虎穴，八年抗战试龙泉。
东西纵辔军威振，南北平戎国境安。
玉帐运筹谋远略，将坛论道挽狂澜。
高朋满座诗文会，胜友如云气宇宽。
磊落一生堪典范，清廉毕世永留丹。
匡扶正义民心敬，挥斥奸谗马首瞻。
往事萦怀空有泪，梦中相聚话悲欢。

军博建馆五十周年

荡尽烽烟六十秋，英雄儿女振神州。
三山推倒笑华夏，百姓同心建玉楼。
最忆沙场挥劲旅，难忘战地动吴钩。
凌烟兴建丰碑永，五秩年华耀五洲。

高锐

游击神兵

草上飞腾水底虬，山林湖泽不知愁。
断桥破路俘倭鬼，袭堡偷营掳敌酋。
雷爆枪鸣狼豹毙，粮藏井塞虎罴囚。
村村张起罗雕网，百万皇军釜底游。

济南战役五十五周年

雷爆声声紫电飞，千碉万堡化成灰。
九层城郭八宵破，十万王军一战隳[1]。
铁壁铜墙挡不住，神荼郁垒也相违。
洪流滚滚江淮涌，从此无坚不可摧。

淮海决战
——纪念淮海战役胜利五十五周年

淮海狂飚卷巨澜，怒潮汹涌势摧山。
洪波荡覆双黄舰，激浪倾吞杜集团。
主席挥斤三运转，石头崩落万寻渊。
钟山坠逐江流去，朝日红光耀九天。

[1] 十万王军，指济南守军王耀武部。

望江南·临江备战[1]

临江岸，战备火朝天。指战员们齐备战，朝研登陆夕操船。苦练不休闲。
江岸柳，染绿大江干。一派葱茏环浦竹，桃花点点缀其间。春色正娇妍。
堤岸上，举镜望江南。江水滔滔连碧宇，清岑点点水天悬。何处是江边？
圩垸埂，陌径带绦宽。战士持枪攻战演，时时失足落圩田。泥水湿衣衫。
深港汊，绿竹掩征船。白昼敌机难发现，夜来撑出大江边。演练驾征帆。

审修战斗条令杭州会议即事

1960 年 9 月 10 日

九月杭州丹桂香，审修条令西湖旁。
挑疵批谬将军作，嚼字咬文秉笔忙。
乏眠误食睛无采，沥血呕心须有霜。
为使规章利战斗，任凭秋色旨苍黄。

满江红·济南攻城战斗战场巡礼

1965 年 9 月

趵突泉边，中秋节，缅怀英烈。清溪畔，当年鏖战，山摇地裂。炸药雷鸣坚壁破，云梯直立高城越。古城头，杀气映天红，英雄血。

孤城破，汤池竭，瓮中鳖，何从脱！看洪流直泻，土崩堤决。淮海潮吞西楚国，长江浪卷金陵阙，慰忠魂，千古照丹心，湖山月。

[1]1949 年渡江战役前，我师在靖江江岸地区演战备渡。

高体乾

霍川战后题

1933 年春

弃书学剑抗倭兵，投笔京华共出征。
铁骑纵横辽热路，霍川大战显精英。

反“扫荡”胜利后题

1943 年秋

多年革命各相违，太岳重逢战翠微。
最是秋深反“扫荡”，满天星斗护征衣。

日寇投降后赴东北路上

1945 年 10 月

八年伏寇醉流觞，无数山村喜欲狂。
久苦有家归不得，千军星夜向辽阳[1]。

[1] 太岳军区从 5 个团抽调班以上干部、骨干组成太岳支队，加上一个地方干部队共千余人，由我带领赴东北。

忆百团大战中牺牲的董天知同志[1]

暂扫凶顽不顾身，百团大戒历征尘。
精英血染王庄镇，留得丹心励后昆。

辽西大捷

1948 年 12 月

廿万貔熊一网收，兵车颠倒塞荒丘。
秋风落叶余萧气，铁马云雕扫敌酋。
塞北频输军旅蹙，江南行见厦倾忧。
元戎弹指关东定，黑水白山笑貌浮。

进军平津

1949 年初

横渡燕山百万兵，飞军三路仄张京。
前锋腰斩平绥线，杀得长蛇缩未成。

[1] 董天知同志时任决死三纵队政委。

在南征路上

1949 年 5 月

五月南征士气高，兵强马壮捣枭巢。
雄师百万争全胜，残敌披靡枉遁逃。

高厚良

解放永年

刘邓大军进中原，千里跃进大别山。
威胁南京和武汉，战线推到大江边。
蒋帮损兵又折将，根本无力顾永年。
被困伪匪粮已绝，突围南窜被全歼。

郭维城

咏悬崮顶战斗

1942 年秋

抗日烽火映碧空，沂蒙征战斗顽凶。
悬崮顶上弹如雨，血染战袍旗更红。

沁园春·兴安筑路

大小兴安，岭叠车盘，无限风光。看碧洲内外，鹃红柳绿，晴峦上下，桦白松苍。清风软吹，一尘不染，阵阵花香夹树香。待月夕，望素绡笼翠，仪态万方。

长林不复寂寞，有无数青年斗志昂。听马达声喧，歌儿嘹亮，移山填谷，建设繁忙。四通八达，铁路公路，定叫僻壤变康庄。暗思量，以四海为家，何必还乡。

修筑襄渝铁路

1976 年秋

巴山蜀水恨千秋，如今山水也风流，
隧多环宇莫与比，桥高举国无匹俦。

险峰剪重铁臂挽，恶水滔滔铜龙游。
谁持彩笔重点染，战士泼汗精心绣。

修筑青藏铁路

1976 年

历年风雪鬓已灰，峥嵘岁月志未摧，
曷当穿越昆仑雪，痛饮拉萨酒一杯。

忆西安事变

1981 年春

莫言事变已如烟，昭昭明鉴浮眼前，
祖国春回大地暖，金瓯残缺待重圆。

萧全夫

打锦州

1949 年元旦

北风紧，城寂静。攻坚战，沟纵横。
各纵奋勇歼顽敌，中央总部指挥灵。
活捉敌酋范汉杰，十万残兵尽扫清。
红旗飘扬凯歌奏，挥师直奔天津城。

萧荣昌

创建我军无线电通信工作

一战龙冈创纪元，电台通信始发源。
无名业绩垂青史，更喜来人绘彩篇。

常仲连

楼集勇士歌

1942 年 8 月

1942 年反蚕食斗争，为拔除清丰县日军楼集据点，我二十一团无炮无炸药，副排长谢宝琪等五勇士舍身冲入楼集据点，火烧炮楼，壮烈牺牲。

风高烧敌营，月黑好杀鬼。
精兵潜入夜，勇士去如归。
拂晓恶战起，天明捷报飞。
楼集五英烈，壮哉名如碑。

彭清云

断臂五十年纪念并忆白求恩同志

画角长城鸣铁琴，幽朔奇兵扫胡尘。
狂虏恰逢强中手，敌酋无计广灵殒。
弹雨如刀割右臂，沙场血拼半死生。
战友忧焚少医药，几番恶梦怨天暝。
王震旅长闻凶信，速遣名医昼夜行。
雪暗风高路千险，偏有独骑峰上人。
救死塞上凭兵械，方信妙手技艺真。
断臂裂肌几欲死，星移斗转庆回生。
细火鸡汤亲手喂，躬身炕前持调羹。
扶伤海外献碧血，更见无私冠卓群。
戎马匆匆纵南北，身残不堕志凌云。
血脉勃勃五十载，长忆英雄白求恩。
如今逝者已矣生者老，满江春水满江红。
沧海千帆唱大潮，惟愿浩荡宏图雄！

●童陆生

别延安

北斗横天夜欲阑，夜行兵马踏河山。
峰回千转山溪窄，沟曲盘旋朔气寒。
红日初升驱晓雾，春风送暖拂晴峦。
前途要渡黄河岸，一水重分秦晋难。

童国贵

战羊山

1947 年 7 月 27 日

外展内歼鲁豫皖，渡黄乘胜指羊山。
抬头敌阵三峰险[1]，俯首吾师一洼艰。
积雨沟壕齐胸腹，送饭门板作筏船。
强攻半月人皆瘦，扫尽陈顽过万三[2]。

[1] 三峰，即羊山的头、身、尾。
[2] 陈顽过万三，指国民党陈诚所部 1.3 万多人。

●曾生

东江纵队成立四十周年

倭奴铁蹄蹂南粤，青山绿水诉悲伤。
东江健儿拍案起，舍家为国赴疆场。
南疆转战驱倭寇，中原痛击蒋匪帮。
英烈捐躯催旧制，神州大业指日强。
壮士不谈辛酸事，放眼未来谱新章。
四十春秋丰功铸，东纵青史永流芳。

蓝侨

游击战

1941 年 9 月

日上东山红满天，丛林昼伏作营盘。
抗日将士衣食少，暑寒饥饿斗自然。

日落西山霞满天，征途漫漫等闲看。
狂风暴雨何所惧，遨游大地笑神仙。

神兵天降如雷电，青纱驰骋好儿男。
壮志齐天斗敌寇，胜利捷报频频传。

詹大南

登长城忆旧

八达岭上望山川，往事茫茫聚眼前。
雁北挥师插敌后，冀东挺进抢贼先。
燕山南北攻坚隘，滦水东西破险关。
难忘人民情似海，回头不觉五十年。

谒平北烈士纪念碑

海坨耸立似天垂，莽莽长城显虎威。
平北人民挥戟起，幽燕寇伪败兵回。
丹心许国披肝胆，碧血长流铸峻碑。
一代忠良千古颂，细看故地尽芳菲。

鲍奇辰

孟良崮战役

沂蒙腹地孟良崮，击毙敌酋张灵甫。
七十四师全部歼，掏心之战传千古。

廖鼎琳

忆冀中“五一”反“扫荡”

一

敌“扫荡”，围铁壁，沟壕交错据点立。
烧杀抢掠逞淫威，村村残破处处泣。
血雨腥风民受苦，沉渣泛起敌得意。
子弟兵，志不移，紧握钢枪怒火激。
冀中人民不可辱，持久抗战定胜利！

二

寒风起，着单衣，风餐露宿高粱地。
惩处汉奸“单打一”，“两面政策”把敌戏。
教育群众鼓勇气，对敌喊话显威力。
民如水，我似鱼，灵活游刃堡群里。
“强化治安”成泡影，冀中不倒抗日旗！

三

勇歼敌，善隐蔽，滹沱河岸巧奔袭。
王村枪响敌胆颤，“护麦斗争”伪酋毙。
伏击、攻城、烧岗楼，日伪龟缩心惊悸。
平壕沟，拔据点，恢复扩大根据地。
党政军民团结紧，迎来反攻新胜利！

魏传统

浣溪沙·忆四川广汉起义

广汉兴兵誉满川，奔流热血仨飞溅。三军杀伐惊人间。
仰望晴空天际好，今逢“八一”忆当年。征程不畏万重山。

题杨闇公烈士铜像

佛图关初见，石壁有追思。
闇公遭屠戮，风华正茂时。
难忘三卅一，渝州写史诗。
音容遗爱在，堪作后人师。

万源保卫战

五十年前卫戍地，万千思绪涌心头。
围攻粉碎垂青史，光照巴山决胜筹。

中国红军彝民沽鸡支队

涤尽血泪斑，革命道路宽。

扛枪打游击，兄弟肩并肩。
星火在燎原，播种声震天。
感谢共产党，红日照凉山。

星火燎原耳目新
——纪念“八一”建军节六十五周年

有党方知得有军，南昌起义一枪声。
惊天霹雳黄洋界，动地高歌赣水清。
取胜全凭三法宝，自强不息万民心。
红旗到底打多久？星火燎原耳目新。

百代祭忠魂

七七枪声起，宛平留弹痕。
群狮指日恨，万众救亡心。
永定添芳草，卢沟绕翠林。
明时思烈士，百代祭忠魂。

祭左权同志

1979 年

巍巍太行山，转战在其间。

多谋对寇敌，善断左右边。
灌勃安可比，朱彭为之欢。
楷范众心喜，流芳不一般。
忠骨迎陵内，我曾祭邯郸。
为偿君宿愿，直奔两千年。

赠杨文局[1]同志

生离死别平常事，阅尽沧桑费苦思。
存者依然多壮志，告慰先烈九泉知。

[1] 杨文局，红军女战士。长征途中，任妇女工兵营营长。1936 年 10 月任西路军妇女工兵营营长兼政治委员，率领一营娘子军与国民党马家军血战河西走廊。西路军战败，怀孕八个月的杨文局同志被俘。1938 年逃出敌人虎口。解放后曾在全国妇联少儿部工作。

马捷

贺圣朝·庆澳星发射成功赠参射人员

流年似水忙中度，献身航天路。频传寰宇凯歌声，万众红旗舞。

长征飞箭，银河横渡，迈开攀登步。征途莫道有艰辛，换来神州固。

王永林

忆戍边

戈壁昆仑放眼收，华年远戍乐心头。
离休霜发归荆楚，心系阳关塞上秋！

王秀川

登长城

烽烟百代已无踪，万里关山亘巨龙。
震世雄威今尚在，凛横冰雪笑西风。

忆秦娥·人民空军赞

长空裂，苍穹震颤星河泄。星河泄，工农筋骨，红军行列。
戍天制敌真豪杰，耕云习武多威烈。多威烈，江山无限，骖鸾乘月。

清平乐·夜间复杂气象飞行训练

风斜雨注，迷漫通天路。来日长空多伏虎，精练穿云破雾。
灯标红绿心明，电波引导征程。谁撒春雷夜半，神州红色天兵。

王育华

一剪梅·白洋淀

昔日歼倭苇子浜，铁血儿郎，蹈火奔汤。几多英烈阵前亡。号角悲怆，山水凄荒。

今日荷花吐艳芳，杨柳成行，歌韵悠扬。渔家四处捕鱼忙。竞发千舱，谱写新章。

王建中

踏莎行·经易水

1939年7月

遥望金台，易水未老，悲歌志士知多少？青纱帐里下平原，频击轨路倒翻好。

健儿身手，倭胆益小，紧缩龟堡盼晨早。边区屹立跨省三，军民抗战如春草。

破阵子·百团大战攻取井陉煤矿

强渡沙河水涨，喜看沿路舞鞭。快步千程为抗战，巧运百团警敌顽，长驱燕赵间。

井陉天车直竖，微水细浪如涓。炸弹声中碉堡破，刀影闪时敌伪歼，高歌庆凯旋。

松花江之夜

1945年

低温四十度，星夜下江南。
为挫骄敌锐，挥兵战雪原。
江边碉堡破，虎口拔牙还。
三踏坚冰走，重裘不胜寒。

武陵春·攻占农安城[1]

高塔指天空矗立，刁斗已三更。奇袭夜困农安城，云隙透疏星。
碉密沟深何济事，炸药响连声。高梯直上齐冲锋，扫顽敌，不容情。

西江月·歼敌暂编第六十二师[2]

1948 年 2 月

法库已围数月，敌师突围无功。虚晃一枪向北行，越野挣扎逃命。
幼犊何畏虎豹，迎头炮火真凶。雪地穷追夜不停，六千歼灭干净。

东北解放

1948 年 11 月

辽天黑雾倏然收，一十七年盼出头。
血洗白山悲往日，炮鸣沈水喜今秋。
艰辛三载傲冰雪，帷幄一棋下锦州。
大豆高粱归旧主，贪欢勿忘旧时忧。

[1]1945 年，我独五师奇袭长春外围之农安县城，城内守军一个团，被我全歼。城内有金代建的十三层高塔。作者时任该师政委。
[2] 法库一战，创我一个师歼敌一个师的范例。《东北日报》载此消息，有“初生牛犊不怕虎”之句。

南下
1949 年 4 月

战罢平津又指南，繁花处处笑颜看。
日行六十军心壮，夜宿初更虎帐喧。
风雨金陵徒换马，饥寒南国盼亲还。
失城不计计歼敌，今古兵家有此篇。

浪淘沙·军次桂林

六月下荆州，昼夜汗流。满江军马渡帆舟。踏破湘西千里野，不胜不休。
古渡桂江头，冬色清幽。瑶人欢悦贵人愁。回首辽西才一载，孙武当羞。

王登平

南中国海甲板晚会[1]

南中国海大舞台，星星伴月观众来，
风涛浪声齐伴奏，甲板晚会幕拉开。
官兵踊跃争献艺，一展歌喉抒情怀，
我是乐曲一音符，汇入环航大节拍。

航行印度洋[2]

2002 年 6 月 6 日

辞别祖国向西征，印度洋上十日行。
举目四望天是岸，蛟龙戏水喜盈盈。
飞鱼争跃出水面，海豚起舞是明星。
摘片白云擦擦汗，端盆月光洗征尘。
电闪雷鸣寻常事，暴雨成瀑好风景。
风浪应邀来做伴，钟情骑鲸蹈海中。

---

[1]2002 年 5 月 12 日晚，人民海军首次环球航行，舰艇编队在南中国海举行第一次甲板晚会，全体官兵共同引吭高歌。

[2]2002 年 5 月 26 日，首次环球航行舰艇编队离开新加坡，出新加坡海峡、马六甲海峡、安达曼海，进入印度洋，在印度洋上连续航行 10 日，过亚丁湾进入红海。

大西洋补给

2002 年 7 月 17 日

2002 年 7 月 17 日，我人民海军首次环球航行舰艇编队首次跨越大西洋，并首次在大西洋深处进行油水、干货补给。

"青岛""太仓"并肩行[1]，"三虹"飞架连一身[2]。
输油送水运干货，大洋见证我海军。

远航战友心

2002 年 9 月 15 日

2002 年 9 月 15 日，人民海军首次环球航行舰艇编队返航途经西北太平洋马里亚纳海沟（水深 11034 米）时作。

同舟共济环球行，同顶蓝天共白云。
同路无垠波和浪，同甘共苦弄潮人。
耳听一路赞誉声，满载五洲人民情。
三洋海水深万尺，怎比官兵战友心。

[1]"太仓"号为大型综合补给舰，在环球航行 5 万多海里的航程中，先后为"青岛"舰补给多次。
[2]"三虹"指输油、输水、运送干货的输送线。

环球航行返航途中过中秋节[1]

明月伴我走寰球，我随月光访五洲。
故乡明月海上赏，胜利豪情涌心头。
一家不圆万家圆，我以我身卫神州。
来年月光更皎洁，但愿天下不言愁。

悼招娣[2]

飒爽英姿排球场，“五连冠”中一虎将。
西湖人家寻常女，将军阵中一“红装”。

为人谦和又善良，位高依旧古道肠。
鞠躬尽瘁为事业，心愿未了堪悲伤。

难忘昔日笑声朗，军旅战友情谊长。
风华未尽身先去，却如美玉留四方。

---

[1]2002 年 9 月 21 日，人民海军首次环球舰艇编队返航进入我领海，值中秋节。编队后勤组自制月饼，官兵共同联欢、赏月，晚会后即兴草作。

[2] 作者自注：2013 年 4 月 1 日 15 时 13 分，接陈招娣爱人郭晓明的短信，得知我国一代排球名将陈招娣因病逝世，特写此小诗悼念这位战友、朋友。

方祖岐

满江红·闯封锁线

奔涌江边[1]，封锁线、夜空残月。沉寂处、蛰雷惊起，暗云撕裂。呼啸敌机迎面吼，长空倾泻千吨铁。烟火漫、英烈舞忠魂，江声咽。

异国土，情意切；飞热血，鲜花结。看林山原野，土焦灰沸。抗美战场初洗礼，援朝征路争攀越。中华魂、浩气贯云天，勋名烈。

长白山下野营

1989 年夏于吉林通化野营写景作

层林翠柏贴云天，黑土沉眠亿万年。
走兽惊奔潜壑谷，从花争艳露娇颜。
沟边设帐安营寨，阵上布兵斗险关。
旷野无声藏变幻，寻机应在一挥间。

[1] 指朝鲜北部大同江边。

坝上看地形[1]

1993 年秋作于张家口

阵阵轻风卷地黄，中秋塞北胜淮江。
登高瞭望兵家地，乘兴漫行古战场。
守隘关山曾有失，捐躯险处更悲慷。
龙城一线穿南北[2]，留得雄心固远疆。

军民演阵图

万顷波涛铁甲舟，旌旗挥浪竞龙游。
冲滩击水腾霄汉，裂地移沙震斗牛。
高舞云中飞隼鹗，潜驰海底走骅骝。
欲知妙阵惊天下，待看长缨缚丑酋。

云顶巡视

1999 年 8 月 5 日视察厦门前沿阵地作

九曲潜壕宛折伸，登峰举目望金门。
云天碧水藏林屋，暗堡砦矶布阵屯。
不见门前人影动，但知室内话语频。
相交世纪风雷急，共咏同根隔海闻。

[1] 坝上，指贯穿于内蒙古东西一线的台地，多处隘口，地形险要。
[2] 龙城，指绵延不断的台地和要点。

满江红·九江狂澜[1]

1998 年秋作于江西九江市

浊浪滔滔，蟠蛟处，九江口泄。惊四海，五洲关注，八方情切。京邑不眠传令紧，神兵奔救关山越。战洪魔、拼搏看中华，声威烈。

赤日烤，狂浪袭。黎庶急，军心裂。聚群情众志，壮心如铁。血肉筑城基永固，颂歌唱世惊奇绝。沸腾欢、倾写满江情，心潮叠。

闽赣边界行

1996 年九月作于闽赣边界途中

武夷穿闽赣，万壑走溪流。
云雾朦胧滚，层林翠碧抽。
池波投屋影，渔钓泛轻舟。
啼鸟呼朝日，牧牛散草丘。
峰峦飘瀑布，鹭鹤伴沙洲。
村舍林荫密，儿童戏水沤。
稻香闻四里，橘绿缀坡周。
黄土垒山石，白墙映竹楼。
夜深人更静，虫语声暗柔。
僻野藏奇景，桃园任客游。
老翁叙往事[2]，听者奋自求。
官府谈成就，春风满面浮。

[1]1998 年 8 月 7 日 13 时许，九江长江大堤决口，广大军民奋战 5 昼夜，于 12 日下午彻底封堵决口。江泽民主席赞扬："创造了人间的奇迹。"

[2] 老翁，指留在闽赣边区的红军。

边区多奉献，功业写春秋。
红都开新制[1]，古田革旧筹[2]。
长汀秋白血[3]，兴国将星稠[4]。
壮也崎岖路，而今越从头。

甬江潮

1997年4月17日参观宁波镇海抗敌旧址作

甬江血泪涌潮头，镇海当年战寇仇。
毋忘裕谦投泮恨[5]，千秋奋志卫神州。

天香·嫦娥奔月

银箭腾空，寰球仰望，华夏嫦娥奔月。梦想千年，功成一夕，笑别人间英杰。电穿星海，惊灿烂、星芒摇睫。驰赏高天浩瀚，登游广寒宫阙。

遥思澒濛渺阔，叹其中、几多谜结。人类艰难探索，百回千折，赢得雄心似铁。赞奇异，腾空化仙蝶。妙舞翩跹，欢声涌沸。

---

[1] 红都，指江西瑞金是第二次国内战争时期苏维埃政府所在地。
[2] 古田，位于福建上杭县，1929年12月，红四军第九次代表大会在这里召开，作出了著名的古田决议。
[3] 长汀秋白血，1935年6月18日，中国共产党著名领导人瞿秋白在福建长汀英勇就义。
[4] 兴国将星，1955年，我军第一次授衔时，江西兴国籍将军共54人，是著名的将军县。
[5] 裕谦投泮，1840年10月10日中英鸦片战争期间，两江总督裕谦在镇海保卫战中，率众浴血奋战，力战不支，镇海失守后，投泮池自尽。

传言玉女·神七问天

再荡神舟，七访昊天无极。碧海茫茫，任徜徉游息。携手结伴，共作天宫佳客。太空行走，人间求索。

试问嫦娥，有谁人、拱手揖？漫天星座，是谁惊岑寂？中华俊杰，勇辟人天新域。雄姿英发，九天留迹。

史祥彬

卜算子·军邮车阿里行

风雪阻春光，沙暴迎来客。阿里高寒缺氧区，草木无颜色。

何物润心田？家信思如渴。万里飞鸿到帐营，边卡腾欢乐。

乐时鸣

北上[1]

2 月 10 日，六纵奉命经费县穿蒙山北上求歼李仙洲集团。生活艰苦，山路崎岖，部队斗志旺盛，求战心切。

一张煎饼两根葱，地瘠人穷意态雄。
山石嵯峨寒夜月，马蹄践出急行风。

满江红・千里野营

数九寒天，两千里、从容迈越。凭双脚，桑干踏碎，洞穿北岳。永定河源云似涌，铜山梁上沙如铁[2]。顶逆风，汗湿忽成冰，心情激。

走同步，知缓急；住同舍，知寒热。访乡亲父老，细谈休戚。鱼水相依传统继，官兵一致新风立。鬓须斑，勉力作先行，夸豪杰。

沁园春・红星颂

1988 年 7 月颁授红星奖章前夕

闪闪金光，铁骨熔铸，鲜血凝成。忆朝霞染艳，漫天赤帜；苍山点彩，遍

[1] 作者有《沂蒙怀旧》十首，此为第三首，作于 1947 年。
[2] 我军自大同南下，越桑干河，穿恒山隧道，过永定河源，翻铜山梁，每日步行六十至八十里。

地朱缨。戍角呜呜，旌旗猎猎，万里征途照眼明。谁能忘，凭心底旭日，帽上红星。

峥嵘岁月无声，当记得先驱壮烈情。把室家抛舍，但寻真理；头颅可掷，只为群氓。创业维艰，雄心未已，几许幸存安晚晴。喜今日，有红星作伴，堪慰平生。

夜宿遵义

枕中雄气近红军，梦里枪声烈士魂。
扭转乾坤途坎坷，推窗拥入好风云。

诉衷情·黄继光

上甘岭上颂英雄，浩气贯长虹。挺胸堵住枪眼，天地霎时聋。
身不倒，路开通，起狂风。刀山火海，一往无前，笑傲苍穹。

满江红·雷锋

人类银河，有一颗、恒星不落。金光照，青山绿水，乡村城廓。看似平凡怀宇宙，名称解放家中国。仰楷模，老幼唤同声，雷锋叔。

荣辱界，应明确，新旧比，铭心曲。既恩仇不忘，爱憎严肃。传统弘扬增动力，精神建设成要目。学雷锋，做个小螺钉，言行笃。

沁园春·大典阅兵

礼炮轰鸣，国歌高奏，升起五星。望广场雄伟，队齐阵整；万民欢跃，花艳旗明。日丽云开，风和气爽，撼动天公也送晴。城楼上，听江公宣示，倾注深情。

艰难浴血征程，创今日辉煌大地荣。看激昂步伐，纵横如一；导弹开进，异彩新型。"飞豹"穿云，雄鹰射电，刺破长空天地惊。扬威武，庆东方屹立，虎啸龙腾。

兰书臣

单家集[1]

单家小集好山川，万里长征一宿鞍。
难舍红军人马去，清真古寺月痕寒。

《国家军制学》编著

立军定制系兴衰，著述深山重镂裁。
荀子议兵歌扇动，欧公修史舞衣来。
化优结构谋全局，完善功能育俊才。
笔砚不淹云与月，闻鸡起筑九层台。

《中国军事百科全书》出版

神秘龙宫富蕴藏，修成大典问汪洋。
谨严互约文风好，求是齐遵撰审忙。
知识穷蒐谁惜力？疑难破解我从长。
十年一剑凭磨砺，探取骊珠有电霜。

[1] 单家集，在今宁夏西吉县兴隆镇境内。1935 年 10 月 5 日，中国工农红军长征来到这里。毛泽东、张闻天、王稼祥、博古等中共领导人曾夜宿清真寺北侧一农家院内。

雪霁卢沟桥

雪霁云开隼影高，山河依旧枕长壕。
太行有脊驰银象，永定无声走玉涛。
冻石寒融碑溅泪，斗狮战罢鬣飞毛。
新成弘馆藏青史，列队参观有后曹。

读平型关战斗图

雄关要隘伏奇兵，纸上犹闻喊杀声。
山地网收围野氂，敌军路夺困荒茔。
蓝绦舞断哀号起，红箭飞穿劲镝鸣。
灯下观摩惊所见，赫然入目是长城。

边文怀

登妙峰山感怀

妙峰览胜豁心胸，五彩金秋枫叶红。
临远似闻军令急[1]，登高更望战场东。
怒涛紧迫桑干水，大雪狂飞塞外风。
斩断王牌三十五，平张守敌锁牢笼。

[1]1948年12月，毛主席急电切断平、张敌人联系，阻止敌三十五军东逃西窜。我军昼夜兼程直插平绥前线，将敌围困于新保安。

●邢景文

登临江楼

人世沧桑几度秋，江楼依旧枕寒流。
伟人曾与斯楼伴，一曲黄花唱九州[1]。

[1]1929年秋，毛泽东曾在上杭县临江楼休养，并写下脍炙人口的著名词作《采桑子·重阳》。

毕可伍

东北人民解放军进关

一

塔山传捷报，命令即随颁。
未及征衣解，先头急进关。

二

顶日宿山壤，披星行百三。
飞翻喜峰口，神速抵幽燕。

●朱文泉

喜贺神舟九号与天宫一号对接成功

“神九”无帆向碧波，徐孺下榻问宫何。
瞬间对接三英笑，千载一交四凯歌。
西魃陷京皇苑毁，东倭入沪石城疴。
苍天一俟奔金马，广宇千年止铁戈。

为周克玉名誉会长《情系新四军》结集出版而作

横槊挑夷功绩累，作文颂雅郄成轮。
只缘富贵宜收放，不畏浮云淡屈伸。
足茧千山云化雨，手胝万水赋凝神。
浓浓情愫念辜友，缕缕烽烟拂战尘。

贺“两岸携手、共卫海疆”将军论坛

两岸将军同论剑，龙泉夏禹卫中华。
八年携手平倭寇，是日同心定海沙。
谒社拜神迷朽树，偷礁买岛噪昏鸦。
炎黄有种旌麾盛，万里波涛万里霞。

贺宁海路街道海洋国防教育馆揭牌

三步两桥一馆曜，七方八面九州少。
海洋教育夯根基，强国强军第一诏。

赠日本高级退役将领访问团

近邻犹如连理枝，鹬蚌何必消永昼。
待到渔人捧腹时，又见螳螂黄雀后。

登北极哨所

樟子熊吞三万里，山河洞吐六千陲。
弥陀胁侍公心在，黑水“那边”当属谁？

登珍宝岛

龙江银锭我珍宝，张伯谋渔第一篙。
一石激开千浪起，两雕引发万夫嘈。
螳蝉相斗喜黄鸟，大国运筹藏伟韬。
榆树英雄留史迹，金汤守土子孙豪。

渴望

穷兵黩武几归平？筑路铺丝共复兴。
普世大同欢庆日，老蟾犹照半球明。

剑归

日月孤悬天际外，青螺暗泣盼归来。
夜深南虎偷圈水，日暮东狼闹仲裁。
又是蚍蜉攮大树，可怜白骨筑高台。
待将铸得赤霄剑，残甲败鳞入藓苔。

朱坤岭

采桑子·重上高原

满怀壮志军营进，曾战高原。重上高原，战友容颜在眼前。
当年部队军威壮，誓保河山。今日河山，处处斑斓景万千。

采桑子·忆当年

八三奉命昆仑上，久驻边关。我爱边关，将士同心破万难。
笑迎青藏千般苦，军令从严。训练从严，砺剑精神代代传。

●任海泉

难忘香会

率团赴新加坡出席第十一届香格里拉对话会，同各国防务部门和军方领导人进行了多边交流与双边会谈，并接受了境内外媒体的采访，结束时吟成此诗。

赤道无冬夏，狮城有热凉。
一坛盛四海，六甲锁三洋。
力大休凌弱，形单莫畏强。
笑谈时代变，围堵少良方。

南太神兵

——赞参加中澳新三国联演的我军医疗救援队

南太频传海啸狂，神兵天降救援忙。
医精语畅展奇技，疑是华佗飞大洋。

仰望星空

——怀念老首长李德生上将

茫茫宇宙夜空净，唯有恒星光灿明。

九死一生凝赤胆，千征百战铸精兵。
蒙冤忍辱终无悔，受命临危每必赢。
风范功勋垂万古，高山仰止记英名。

九三阅兵

胜日阅兵开帅帏，朝阳旭月竞同辉。
群山肃立回声远，排浪齐移挟势归。
长箭锋昂书正义，雄师将领振军威。
毛公邓老在天慰，风顺人和好起飞。

访俄三吟

红场漫步

红场是俄罗斯首都莫斯科的中心广场，二战中接受斯大林检阅的苏联红军曾由此直接开赴战场，将法西斯德军阻止在莫斯科城下。现在，屡建奇功的朱可夫元帅戎装骑马铜像矗立街头，斯大林新塑石像前献鲜花不绝。

熏风伴我步红场，恍若送军开远方。
条石深镶坚路面，塔林高耸壮宫墙。
元戎立马犹飞笑，领袖移棺可感伤？
喜见碑边新像塑，台前摆满郁金香。

列宁墓畔

红场西侧的列宁墓曾经是供人瞻仰的圣地，苏联解体后撤走了“第一岗哨”，停止了财政拨款，还准备拆墓移尸。在人民群众的抗争下，列宁墓保存了下来，维护费用则由俄罗斯共产党等左派发起的民间慈善募捐承担。

列宁墓畔身难返，第一岗移思绪长。
先恋公开羞祖业，后迷休克枕黄粱。
换旗不觉除根痛，解体方知误国殇。
幸有众生重醒悟，水晶棺里伟人祥。

涅瓦河边

来到风景如画的涅瓦河边，作为州府所在地的列宁格勒市早已改名为圣彼得堡市，而列宁格勒州却未改名。这是一座充满传奇色彩的滨海都市，由彼得大帝下旨所建，曾为俄罗斯首都，列宁在这里领导了十月革命，二战时被德寇围困近三年，苏联解体后经济遭到重创。现在面临欧美制裁，民众却面露笑容，问之皆曰找回了自信。

州名未改城名换，涅瓦河边心浩茫。
彼得奠基兴百载，列宁开业振千方。
曾经绝地三年困，又历翻天一夜荒。
今遇制裁何露笑？人怀自信必坚强。

念奴娇·遵义

西南腹地，有何城，可谓名垂千古？锁钥川黔唯此处，曾立擎天之柱。把盏茅台，泛舟赤水，醉赏娄山舞。雄关漫道，马蹄声伴战鼓。

回首万里长征，红军遭创，危如鱼趋釜。生死关头商柏墅，推举高人专主。四渡神招，破开罗网，终获江山妩。巨星重现，中华圆梦能睹。

沁园春·百色抒怀

夏日临空，八桂寻根，百色城头。看丰碑屹立，伟人挥手；红旗漫卷，万众凝眸。千岭逶迤，百舻腾跃，左右江逢入海流。心潮涌，问激情岁月，何谓忧愁？

当年追梦虔求，信马列能将壮志酬。唤工农兄弟，齐成劲旅；英豪才俊，共挽危舟。热血刚躯，几经磨难，起落三番得自由。征途险，记南巡谆嘱，续写春秋。

西江月·谈史论兵

盾甲刀矛铁骑，舰机炮垕雄兵。谁凭小米步枪赢，开创惊天胜境？

早练三防四打，更研两弹一星。信息时代保和平，还靠传家本领。

● 刘志

忆反“扫荡”

日寇津田似虎狼，猖狂扫荡搞三光。
雄师十旅驱穷寇，怒发冲冠战太行。

旅直机关正突围，敌机滥炸每相欺。
硝烟过后同袍失，影只形单志不移。

搜山鬼子枉横骄，敢与狂奴较剑矛。
敌弹穿胸虽中我，手雷落处鬼狼嗥。

醒时四顾敌尸陈，一笑欣然仰赤暾。
战友寻来忙救护，犹奇归路血殷痕。

刘力生

日寇铁蹄越长城犯冀东

长城未阻铁蹄狂，纵目家乡非故乡。
大地无言天不语，黄尘滚滚压渔阳。
烽火神州白日寒，何人巨手挽狂澜？
河山破碎头颅在，羞说胸中一寸丹。

冀东大暴动

一望州河夜聚频，力争生死献青春。
原来田野庄稼汉，便是兴邦救国人。

平北根据地战斗往事

烽火神州战斗年，英雄奋起挽狂澜。
梦魂兵下黄龙府，谈笑旗开白马关。
万里风云指东海，八方雷雨会燕山。
健儿身手新磨剑，怒斩楼兰跃马还。

延安军令如山动，铁甲金戈大反攻。
剑戟挥时狂寇死，头颅掷处泰山轻。
鹰扬虎跃高歌进，禹域尧疆走马迎。
孱虏惊弓驰檄定，亚东残照霸图空。

刘书忱

纪念黄克诚大将诞辰 110 周年

一生革命铸忠诚，十遭厄运心平静[1]。
反身自省无憾事[2]，刚直不阿最可敬[3]。

纪念张云逸大将诞辰 120 周年

十位大将年最长，德高望重威名扬。
百色起义建功勋，苏区会师受表彰。
长征歼敌任参座，广西剿匪当主将。
积劳成疾不歇脚，鞠躬尽瘁是榜样。

[1] 为维护真理，黄克诚曾十二次被扣上“左”倾等帽子而遭到不公正批判，甚至降职罢官。身处逆境，心态平静。他在一首打油诗中曾说：“少无雄心老何求，摘掉乌纱更自由。”

[2]“文革”中，黄老家被抄，人被抓走关押，他坦然处之，曾赋诗云：“抓走不外杀关管，人生一世也平常。反身自省无憾事，脸不变色心不慌。”

[3] 在党的十二届四中全会上，党中央批准黄的辞职请求，发致敬信表扬他“不盲从，不苟同，坚持真理，刚直不阿……”。

刘振堂

赠某部队团史室

嵩山闻虎啸，豪气壮中州。
修史弘家宝，执勤创一流。
战神添劲翼，忧患挂心头。
灼灼熔炉火，天天锻吴钩。

零下四十度 血战万金台

火障冰墙雪漫天，哀兵怒马不知寒。
血溅鹿砦梅痕叠，气夺短兵刀影三。
银甲冰须皲手足，铁衣汗背冻枪栓。
居高火力封前路，刹那飞来“毛腿边”。
瞄准小窗投炸弹，碉楼顿哑冒黑烟。
熊罴难敌下山虎，豕突狼奔举白幡。
仇火烧心怒火旺，几人殇逝几人残。
堡群屋垒灰烟灭，担架穿梭抬不完。
战马悲鸣仰义节，排枪泣别换新天。
年年冬月金台墓，人满陵园花满篮。

壮哉，一九四九

——随四野南征亲履纪实

一九四九，虎跳龙游。
三山崩塌，摧枯拉朽。
中华河山，重新造就。
旭日东升，光耀宇宙。
辽沈神威，天呼地吼。
马不歇鞍，兵不卸胄。
百万大军，渡关走口。
北平惊呆，南京锉手。
长蛇寸断，敌孤难守。
斩头截尾，津张两头。
重兵围城，北平俯首。
绥远势孤，变敌为友。
刚柔有度，嘉谋鸿猷。
三种方式，决胜运筹。
开国奠基，凯歌高奏。
和谈破裂，停止整休。
军民万众，敌忾同仇。
军进全国，扫荡群丑。
打过长江，誓歼残寇。
革命到底，破浪飞舟。
中南半壁，另写春秋。
白小诸葛，困兽犹斗。
狡猾战术，像个泥鳅。
避战拒和，飘忽游走。
死拖寻机，乘势一口。
我常扑空，敌已脱漏。

北兵南战，水网河流。
暑酷路窄，山高雨骤。
疟疾痢疾，神疲心揪。
缺粮少药，人困马瘦。
前总号令，就地整休。
疗伤治病，改善食宿。
二中决议，传到下头。
建国消息，口传心受。
红旗飘飘，斗志赳赳。
血书请战，一收再收。
兵强马壮，军威抖擞。
两翼包抄，猛字当头。
牵住鼻子，穷追猛揍。
衡宝重创，白匪开溜。
湘赣粤桂，撒网布兜。
牵住五羊，难逃桂猴。
奔袭博白，张淦做囚。
老本七军，胆丧魂丢。
狼奔豕突，满山牵牛。
五个兵团，灭在四周。
钦州海外，妄图一斗。
“伯陵防线”，固设恒久。
陆海空防，叫嚣纷纠。
宜将剩勇，再试吴钩。
海练三月，虎变龙游。
木船机帆，风驰雨骤。
巧布机关，多股渗透。
琼崖纵队，接援补漏。
主力强渡，势如蛟虬。
黄竹决战，敌溃弃守。

扫荡全岛，残敌请投。
乘机逃遁，薛岳蒙羞。
三亚俘舰，白旗滩头。
万众欢呼，声震海陬。
江山一统，水秀山幽。
遥望北京，举杯祝酒。
南天柱石，后顾无忧。
岁月沧桑，往事悠悠。
金戈铁马，国恨家仇。
相逢一笑，尽付东流。
苍颜白发，轮椅杖鸠。
并肩战友，几个存留。
烈士入梦，举酒相酬。
民族复兴，老兵何求？
愿人长久，愿国加油！

江涛

浣溪沙·征战回眸

倭寇投降蒋更猖，针锋对策决中央。关东争夺话沧桑。
三下江南雄气势，临江四保史无双。松辽从此绽春光。

边塞河山白露霜，精兵十万砺刀枪。关门打狗志高昂。
攻克锦州歼敌众，辽西顽匪逐归降。白山黑水固金汤。

建业双簧虎作伥，认清本性打豺狼。平津战线亮锋芒。
鏖战南开除敌患，破惊傅帅向朝阳。古都喜报腊梅香。

骤雨疾风袭桂湘，自矜诸葛恃兵斯。负隅衡宝梦黄粱。
腰斩七军凭劲旅，西蒙诺夫赞华章[1]。国歌高唱遏云翔。

十万大山林莽苍，妖魔鬼怪洞中藏。摧残黎庶抢钱粮。
化整为零清匪霸，文攻武打驻村庄。广西父老庆安康。

[1] 西蒙诺夫，前苏联作家，曾有作品介绍我军衡宝战役的胜利。

● 江潮

江城子·忆保卫连云港战斗

东方霞彩涌朝阳，浪花飏，闪金光。矗立双峰，连岛水中央。远望云台松叶荡，山色秀，海波茫。

当年倭寇气嚣张，炮声狂，炸村庄。奋战军民，杀贼志昂扬。桅顶红旗长不落，齐庆贺，凯歌扬。

孙秀德

秋夜行军

夜幕降大地，战士急出征。
明月当空照，繁星伴我行。
远望铁流滚，近听人马声。
耳畔村犬吠，眼前农舍灯。
秋夜天已冷，背后刺骨风。
衣单心如火，飞驰脚不停。
直奔北宁线，夺取锦州城！

严智泽

急行军

深山春雨漫荒溪，紧急行军路欲迷。
涧草岩花争导引，左攀枪带右牵衣。

雪冬

一冬云暗雪来频，山敛威容水噤声。
独有军营浑不睬，依然旗舞战歌腾。

刘公岛吊甲午海战诸将士

战败国之耻，捐躯将士荣。
百年沧海泪，潮汐奠英雄。

水龙吟 · 赠别西沙群岛兼寄南沙群岛战友

岛礁搏击空明，云飞风吼波翻雪。声光影里，鱼龙幻化，穿行日月。史迹纷呈，甘泉遗址[1]，永兴碑碣[2]。算茫茫南海，沉浮多少，先民梦、英雄血。

一卷沧桑图册，系军人、伏波情结。疆防万里，遥巡苦戍，千秋勋业。似水流年，倾心付与，天容海色。砺精兵，日夜戎装整肃，舰船驰掣。

[1] 甘泉遗址，西沙群岛曾发现中国人唐宋时在甘泉岛居住的遗址。

[2] 永兴碑碣，1945 年 8 月日本投降后，林遵率领舰队于 1946 年 11 月把西沙、南沙从日本人手里接收回来，并在永兴岛上竖立了“海军收复西沙群岛纪念碑”。

杜万荣

血染残碉[1]

固守残碉马匪攻，炮轰烟雾土尘蒙。
孤军奋战拼顽敌，百死八伤废堡中。
弹尽粮绝阵地在，刀矛拼杀展雄风。
官兵碧血征袍染，二虎解围不朽功[2]。

[1]1936 年，红军西路军第八十八师二六三团 130 余人，固守在一座四层方碉里。马步芳对我守军火攻、炮击，方碉被毁，我军只剩 8 名伤员，弹尽粮绝，仍用刀矛拼杀坚守阵地。

[2] 深夜，李先念军政委、熊厚发师长亲率号称猛虎的二六八团和擅长夜战的夜老虎二六五团等部队增援反击，方救出坚守残碉的 8 名伤员。

李桢

临江仙·欣闻胡服同志讲话[1]

敌骑嘶鸣惊朔漠，腥风血雨云横。登高呐喊救亡声。岂忍家国破，唤起工农兵。

存异求同共济，松魂柳魄兼容。走村串户结新朋。山高林密处，剑影刀光重。

破阵子·同蒲路破击战

1939年9月

高堡深沟封锁，魔灯舔夜巡防。铁甲穿梭凶似虎，护线倭兵狞若狼，森森铁道长。

夤夜曳光怒起，雷鸣桥洞灰扬。炸浪嘶风翻道轨，壮士挥刀斩恶狂，霜天映曙光。

满江红·祝刘邓大军横渡黄河南下

1947年8月

莽莽黄河，洪峰卷，白浪千叠。风雨骤、一番瓢泼，一番颠蹶。八津千舻

[1] 胡服是刘少奇同志当时的化名。他到太原时，薄一波同志请他给牺盟会的同志作报告。

飞剑发，五更万马腾云越。比成皋、官渡事如何？江天阔。

雷声紧，狼山熠；烽火烈，羊山赫。看天兵神速，石城悲咽。千里南征桐柏里，万乘西追崤函侧。望嵩山处处尽朝霞，中州赤。

参观我军世纪大演兵有感

金色秋天柿火红，我军今日练精兵。
燕山脚下军云集，渤海涛中舰炮鸣。
林野辽东神箭起，高原塞上弹飞腾。
创新三打三防战，昭示光辉世纪程。

李文朝

咏董存瑞

炸药托擎神鬼泣，粉身碎骨化虹霓。
英雄豪气传千古，壮美人生一面旗。

观海战演习

风和日丽海波平，信号一声龙胆惊。
机翼遮天山盖顶，炮林动地浪排空。
升空导弹拦飞寇，潜水神叱斗狡鲸。
舰阵威严航道锁，海疆万里固长城。

世纪初年走边关

世纪朝霞披在身，长征创举走新闻[1]。
高原雪域连云哨，大漠沙洲守卡人。
海浪千重歌赤胆，边关万里颂忠魂。
民族村寨风情画，光彩荧屏满目春。

[1] 大型电视系列报道《世纪初年走边关》被誉为中国新闻史上的创举和中国电视史上的万里长征。

国庆六十周年大阅兵感怀

举世凝眸望北京，长安街上走蛟龙。
铁流奔进风雷动，热血沸腾豪气冲。
陆海军容威震虎，空天兵阵势吞虹。
金戈交响狂飙曲，一往无前正步中。

西江月·赞西藏边防岗巴营

来自江南塞北，置身雪域高原。一腔热血锁边关，立地擎天铁汉。
坚守云端哨卡，人稀氧薄天寒。刚强战士苦为甜，甘愿无私奉献。

高原抒怀

1999 年 6 月中、下旬，余有幸作为记者团长，带领首都新闻单位记者团，赴西藏军区边防部队采访，观高原风光，思边防重任，感慨系之，即诵成篇。

乘风直上地球巅，日近云低手触天。
旷野青稞绿装暖，群峰白雪素衣寒。
蓝天澈透悬明镜，碧水清澄托玉盘。
万里河山千古远，岂容外寇染边关。

满江红·长征

在中国工农红军长征 70 周年之际，阅长征文献资料，读长征文学作品，特别是研读毛泽东同志有关长征的诗文，心潮澎湃，肃然命笔。

盖世传奇，惊天地、英雄壮举。翻战史，古今中外，问谁堪比？九死一生成大义，千山万水留奇迹。挽狂澜，舵手正航船，回天力。

堵截猛，围追急；天堑阻，饥寒逼。有红军亮剑，所经披靡。大渡金沙排浪细，乌蒙五岭云峰屈。会三军，西北帅旗升，开新宇。

望海潮·呼唤和平

——纪念抗日战争胜利六十周年

为纪念抗日战争胜利 60 周年，中央电视台《呼唤和平》摄制组东渡日本，采访当年在华日人反战同盟成员，共同谴责日本军国主义的侵华罪行，呼唤人类持久和平。残阳夕照中，目眺如血海面，心潮逐浪，遂填是阕。

残阳夕照，海波如血，心潮逐浪翻腾。回眸神州，几多危难，一时国破天倾。战祸起东瀛。铁蹄卷席过，血雨腥风。抢掠烧杀，欲吞华夏，甚嚣凶。

亡国速胜休争。至理持久战，众志成城。野火熊熊，天罗地网，人民伟力无穷。强寇举白旌。覆鉴师今事，警世钟鸣。悲剧岂容重演，久唤和平。

念奴娇·戊寅抗洪

天河堤决，雨狂泻，恰似苍穹开裂。松嫩长江齐肆虐，洪浪排空卷雪。财产飘零，生灵没顶，万物遭吞灭。戊寅华夏，惊涛呼唤豪杰。

灾情急点雄兵，海空兼陆路，风驰云掣。统帅亲征，挥巨手，将士争降蛟孽。众志成城，军民凭血肉，筑墙如铁。丰碑青史，功垂多少英烈。

清平乐·赞解放军驻香港部队

文明威武，正步和平路。行使主权期永固，树起擎天玉柱。

红星闪耀香江，紫荆孕育芬芳。朝暮十年共处，军民鱼水情长。

访古田会议会址

访圣寻宗到古田，军魂铸就力回天。

雄师创建强根本，夺隘攻关只等闲。

李升泉

春节归家

2013 年 2 月

煮五谷杂粮，侍老父高堂。
说童年趣事，感岁月沧桑。
蹲墙边地头，看雪融草长。
听鸡鸣犬吠，待漫天霞光。

回乡过年

2015 年 1 月

蜀地春到早，家山绿如潮。
东篱虽无菊，处处花事好。
但见祖居屋，房上添新茅。
霜发逢故人，乡音未曾老。

陪老父过年

2015 年 1 月

归乡情怯怯，近家心惕惕。
华发伴白头，久坐无言语。
辗转听夜雨，怅然节令疾。
晨起见地头，勃勃腾新绿。

拜年

2015 年 1 月

人稀山村空，父执多龙钟。
我亦头飞雪，岁月疾如风。
一见呼乳名，儿童笑声轰。
闲坐话桑麻，遍地已葱茏。

秋思

2015 年 9 月

山青色愈黛，云淡风乍寒。
登高欲望远，秋来别有天。
明日辞闹市，悠然归田园。
闲看桂花落，荷锄雨山前。

归思

2016 年 9 月

白头还故园，卜居锦江畔。
燕山霜风肃，蜀地秋色澜。
心静钓流水，闲坐观暮田。
烹茶待故人，煮酒话从前。

元宵寄友人

2010 年 2 月

边塞寒意浓，京城春初发。
推窗欲望雪，入眼尽梨花。
元日怀故人，独坐影西斜。
遥寄今夜月，思念满天涯。

李兆书

水调歌头·决战锦州

万炮齐开火，飞弹裂长空。刀光剑影冲杀，怒气涌汹汹。迅比雷霆闪电，快马相交捉虏，壮气吞虹。城上战旗舞，炮火满天红。

深街里，硝烟起，紧围攻。尖刀分队，加快攻势破酋笼。无数英雄搏战，分割围歼顽敌，全胜慰精忠。战后评功会，烈士泰山崇。

天津巷战

巷战津城捣敌巢，前锋拼搏夺汤桥。

刺刀舔血擒顽虏，十万干戈掷地交。

李宏垠

活捉四个日本兵

衔枚深夜袭倭营，乍响春雷敌梦惊。
一亮刀枪擒四寇，凯旋路上早霞迎。

征途中迎国庆

1949 年进军湘桂征途中，迎来第一个国庆。进军洪流中彩旗招展，歌声嘹亮，群情激奋。

宜沙战后继南征，汗渍衣衫雨灌缨。
荡尽妖氛晴朗日，天安门上挂红灯。

李治亭

忆夜行军

夜静更深大地沉，茫茫雾海有行人。
雄兵不是闲游客，壮士皆为卫国臣。
临近村庄惊犬吠，远离敌堡冷枪喑。
凌晨隐匿青纱帐，策马持刀待建勋。

缅怀谭启龙同志

信是人间重晚晴[1]，如椽健笔寄云龙[2]。
横戈扫雾妖魔泣，拯苦扶民黎庶崇。
军政双挑留伟绩，驰驱一世树丰功。
青松永立人心里，披雪经霜色更红。

[1]1986 年 5 月 13 日，邓小平同志曾书“人间重晚晴”五字送给谭老。
[2] 谭老于 2003 年 1 月 22 日去世，之前一个月，曾书一“龙”字送我。

李宝祥

过六盘山

1995 年 9 月过六盘山，正逢红军长征 60 周年。观遍山红叶，有感。

九月天高万里晴，六盘红叶色鲜明。
此非秋到寒霜重，烈士当年血染成。

李栋恒

登长城

久期当好汉，今上古长城。
瀛瀚高低接，天时内外更。
原图攘狄虏，孰料笑元清。
真正金瓯堞，并非砖石营。

率机械化集团军演习

又是苍鹰眼疾时，天公偏爱铁军驰。
荒原万里腾狮影，晴宇千寻掠隼姿。
地裂山崩开火令，灰飞烟灭凯旋诗。
大风忧曲何须唱，我自高歌砥柱师。

水调歌头·黄河壶口

天上黄河水，玉帝巨壶提。慰劳辛苦民众，渤海作琼杯。呼啸群龙争出，势似山崩地裂，百里响轰雷。遮日晴空雨，千丈彩虹飞。

叹神力，真奇景，壮声威。华夏生生不息，勇往岂迟徊。万代风云战鼓，万众心声哮吼，险阻化烟灰。葆此精神在，古国永朝晖。

游甲午海战古战场刘公岛

落晖脉脉照刘公，隐约悲歌入海风。
似祭英灵鸥裹白，如腾恨火浪翻红。
舰残犹欲犁顽阵，炮缺依然啸远空。
知耻男儿休洒泪，卧薪尝胆奋邦雄。

水龙吟·游圆明园遗址

劫余天下奇园，怆然满目荒凉路。淡烟远罩，秃丘剩水，断墙残圃。辨础寻基，或云原是，雍乾寝处。叹仙凡盛景，而今只可，凭人说，图中悟。

遍检江山古迹，数升平、竟留何举？豪陵高耸，龙庭伟岸，名园如许。奢靡儿孙，废忘武备，祚衰倾遽。念驱龙凿峡，家门不入，世崇神禹！

永遇乐·贺神舟六号载人航天圆满成功

玄奥天宫，人间世代，魂绕情系。大圣西游，敦煌画舞，尽把心遥寄。祥云灵药，仙槎鹤背，天路遍寻无计。最难忘，英雄万户[1]，奇思化作烟翳。

而今巨变，中华龙醒，不再仙凡迢递。叩约前秋，此行多住，娓娓传心意。来年将往，苍穹深处，探秘遨游星际。复兴业、扶摇直上，更加壮丽。

[1] 万户，明朝人，以 47 支烟火捆椅，坐其上欲升空，壮烈牺牲。他是史载人类第一个把上天付诸实践的人。

忆秦娥·风雨中行军

神刀劈，穿天乱石愁飞翼。愁飞翼，松涛声壮，雨哗声急。

苍山狂舞红旗疾，青春远志冲天立。冲天立，歌回深谷，号鸣悬壁。

南乡子·鸭绿江残桥

弹洞满钢桥。滚滚硝烟若未消。诉说当年鏖战事，堪骄！青史千秋记自豪。

隔水望遥遥。层叠山峦浓淡描。无数英魂眠彼处，滔滔！心似江波酹绿醪。

念奴娇·秦兵马俑

壮哉军阵！看千队、陶马俑兵雄列。步弩骑车横六合，曾踏九州宫阙。似聚笳声，如闻鼙鼓，个个豪情发。若真能战，续秦多少年月？

可叹万里长城，揭竿烽火起，全然虚设。欲寿求仙，谁料得、相伴臭鱼薰绝。盼祚长传，皇称冠“始”字，两朝羞灭。此中殷鉴，千秋应细评说。

念奴娇·送友人

云龙风虎，大乾坤、正是纵横时节。富国强军非是梦，尽可亲参运掣。妙算张良，神兵韩信，谁道今入竭？精忠报国，英姿笑看风发。

遥忆青鬓心雄，远谋宏识，早曾惊天阙。流水高山弦共抚，肝胆照如冰雪。早逝冯唐，郭开未尽，宜自修身缺。愿君舟健，汹涛安泛千迭。

宴山亭·秋游胡杨林

占尽秋光，三叶共妍，满目金镶黄染。千载战霜，万世攘沙，斗士激情无减。直插长空，碧霄映、刚颜欢脸。华艳。看倒影清潭，白云装点。

生死辉耀人间，总气贯长虹，义披肝胆。繁枝茂叶，老干枯躯，都迎瀚魔刀剑。乍起轻风，犹听得、将呼兵喊。铭感。令久久、心灵震撼。

李觉先

突围

1946 年 6 月 29 日，李先念和王震同志率主力部队，在平汉线柳林一带胜利突围。

浊雾沉沉六月天，奇兵潜伏晚风寒。
中宵一阵枪声响，冲过柳林人语欢。

夺隘

巍峨险峻荆紫关，胡匪陈兵欲阻拦。
斩将夺关顽敌溃，杀开血路到陕南。

李殿仁

官厅野训

风卷黄沙尘飞扬，车喷火龙放红光。
塞北晚秋添新景，荒漠练兵逞英强。
官厅波涌歌勇士，燕山展臂锁金汤。
铁甲战士豪气在，和平之声传四方。

瞻仰徐向前元帅故居

朴朴实实小山村，冷冷清清一故园。
邑是元帅诞生地，面貌仍是旧时颜。
并非无力修高宅，只因不忍百姓钱。
一生荣辱抛身外，两袖清风留世间。
徐帅风范鉴千古，后继有人永向前。

离家从军

1964 年 1 月 8 日

今日，我离家从军，乘车离县城时正赶上多年未遇的一场大雪。

银白世界，遍野茫茫。

胸怀壮志，告别故乡。
从军报国，心到疆场。
雪随我走，春在前方。

登泰山

1975 年 6 月

曲径飞跃十八盘，岱峰直插九重天。
灵光普照碧霞秀，云海环绕气豁然。
不恃一览众山小，且喜有幸会群仙。
观日还须珍时日，看山更应爱河山。

看海军演习

1987 年 8 月 28 日

雷鸣电闪鬼神惊，龙腾虎跃好威风。
倒海翻江镇五洋，追星逐月舞长空。
此时顿觉天地小，智高能把宇宙容。
有我海疆勇士在，十亿神州乐太平。

吴起镇毛主席旧居前午餐

1994 年 10 月 9 日

我来吴起觅胜迹，恰临主席旧居前。
此时顿觉倍亲切，激动不已心潮翻。
露天席地围拢坐，犹如身在领袖边。
冷水咸菜方便面，圣地午餐味道鲜。
遥想红军征万里，会师吴起宏图展。
常忆导师沐溶恩，大手一挥倒三山。
若非巨人来领导，人民哪会有今天。
敬仰化作千钧力，伟业继承不歇肩。

破阵子·步张爱萍部长原韵奉和

1984 年 4 月 20 日

喜闻我国同步卫星发射成功，又读张爱萍部长词“破阵子”，深受鼓舞。战斗在我国科技战线上的英雄们，令人钦佩。遂学填“破阵子”和张部长以致庆贺之意。

万马千军同步，银龙直上九重。喜鹊填河仙浪浅，天上人间瞬息通。帷幄自从容。

冲破重云密雾，赢来姹紫嫣红。一箭三星穿宇宙，再射天狼挽劲弓。神州春意浓。

观现代训练感言

2012 年 3 月 5 日

自古演兵求正奇，如今网上斗虚实。
析解百疑任模拟，鼠标一点即先知。
千军万马数字化，天文地理重信息。
风云变幻多奥妙，胜负因素人第一。

中俄中印联合军演

2012 年 3 月 27 日

地球变小人长大，安全责任共担承。
肤色不同心相通，兵器各异目标同。
陆海空天成一体，战略战术兼相融。
联合军演壮神威，惩恶扬善卫和平。

水调歌头·滨州风采

滨州展风采，改革大潮开。高楼林立，红花青树一排排。四环五湖抖秀，十路八桥畅达，宛若自然裁。当年盐碱地，今日腾瑶台。

天眷顾，地相佑，乐开怀。清风浩荡，祥瑞异彩惹人猜。没来的老想来，来了的不想走，走了还想来。正道沧桑是，万物共和谐。

祝贺杨得志老首长 80 华诞

1991 年

枪起湘南破暗幛，披荆斩棘赴井冈。
大渡天险搏巨浪，冀鲁豫边撒谷香。
华北西北任驰骋，朝鲜山水情谊长。
齐鲁风韵格外美，黄鹤春城展翅翔。
京华运筹知三军，环球漫游达四方。
英雄总是布衣多，士兵统帅一脉畅。
威威赫赫战功将，厚厚道道好师长。
欣逢八旬庆华诞，祝愿寿比天地长。

●杨卫群

百代飞天梦圆

霹雳冲霄连五箭，太空勇士展英姿。
得圆百代飞天梦，谱就千秋动地诗。
国力军威惊海外，高科技术越雷池。
山河锦绣添新彩，揽月追星正计时。

杨子才

满江红·过卢沟桥感赋

水咽卢沟，枪炮响，声声未歇。狂寇恶，长城齐吼，万千忠烈。为复神州人赴死，誓驱鬼子心如铁。遍太行、王屋耀戈矛，同悲切。

赵登禹，肝肠裂；佟麟阁，躯躯灭。宁断头，不教金瓯残缺。荒土长埋英士骨，郊原流尽军人血。屠龙手，从此满山河，还燕阙！

辽沈决战歌

南昌起义廿一春，亿万奴隶盼翻身。
主席韬略超万古，决策恰在戊子辰。
东野开赴北宁线，横空舞动屠龙剑。
战马长嘶渤海边，南克兴城北义县。
空前决战已传闻，风烟滚滚满战尘。
东北蒋家归路绝，关山阻隔空断魂。
战略要地锦州城，自古兵家所必争。
关内塞外两头挂，北挑满洲南燕京。
锦州易手东北湮，探囊取物下平津。
为破坚城操胜算，林罗来到牤牛屯。
总攻号令似雷霆，万炮齐鸣鬼神惊。
我军将士俱奋勇，敌人顽抗半死生。
守将范氏称汉杰，蒋氏钦点有声名。
城破兵败心胆碎，就擒涕泪雨打萍。
锦州城头枪声紧，南京老蒋肢体冷。

专机急飞渤海沿，调兵遣将来援锦。
东野两纵快如风，奉命南面阻援兵。
塔山一线设阵地，寸土不让寸土争。
草木腥兮水呜咽，日无光兮月不明。
大地震撼山岳动，我军坚守如岱峰。
激烈拼杀六昼夜，敌尸累累阵前横。
壮哉塔山阻击战，彪炳史册万古称！
长春孤岛日西沉，被围度日以哀吟。
守敌缺粮民饥饿，曾闻城内人吃人。
军心动摇无斗志，携械投诚日纷纷。
云南名将曾泽生，毅然起义投光明。
七军军长名李鸿，放下武装举白旌。
剩下主将郑洞国，势单力孤难支撑。
眼见蒋家气数尽，兵不血刃红旗升。
松辽平原万古月，从此年年照太平！
辽沈决战战云密，最数辽西风雨疾。
蒋家精锐九兵团，“围魏救赵”行故技。
不向西南援锦州，却占河北彰武地。
欲逼东野撤兵归，东野绕道保供给。
彰武廖氏空喜欢[1]，蒋氏气恼心火急。
忙携杜氏飞沈阳[2]，严令廖氏向南击。
沈锦路上有黑山，欲过黑山谈何易！
东野十纵守此山，万众一心铸铁壁。
刺刀见红敌胆寒，黑山阵地屹然立！
“规复锦州”泡了汤，第九兵团向何方？
南奔北撤无主见，东野如虎下山岗。
敌人夺路向南闯，八纵五纵成铁墙。
最是三纵战术好，直捣心脏去擒王。

[1] 敌九兵团廖耀湘。
[2] 指杜聿明。

首脑机关被打乱，“王牌兵团”全歼光。
十万精锐一朝尽，活捉司令廖耀湘。
辽天雁叫凄凉夜，西风萧瑟秋草霜。
林罗再次飞鸣镝，分路进攻沈阳敌。
沈敌困如垓下围，四面但闻楚歌泣。
卫氏忙乘铁鸟腾，烂摊交给周福成[1]。
周某以手掩面哭，喃喃自语“愿投诚”。
肃清守敌三十万，沈阳解放东北宁。
沈阳高歌庆凯旋，营口再将捷报传。
九纵星夜兼程至，无数敌兵水底眠。
东北至此全解放，敌军四十七万歼。
此役干净又彻底，战略主动我变先。
细检华夏兵家史，三千年来第一篇！

咏史诗

孔子

厚德雄才世绝伦，有道无位常穷困。
周游列国欲济时，畏匡危陈多冷眼。
其说不用悲世乱，其道不行呼苍天。
凤鸟不至大梦醒，回归了却笔砚缘。
订正史籍几百卷，著述六经杏坛边。
有教无类超前古，从学弟子达三千。
克己复礼倡仁爱，己所不欲勿施人。
君子和而不同虑，求同存异可安澜。
泽流九州逾四极，播洒光明万代尊。

[1] 周福成，敌第八兵团司令官。

李广

弯弓射虎石没箭，气薄云汉飞将军。
天垂大野雕盘草，月落营帐刁斗喧。
遇泉士卒不尽饮，己身滴水不沾唇；
得食士卒不尽饱，己身颗粒不下咽。
踏遍北国万山岭，匈奴胆裂静烟尘。
从少至老经百战，一鞭投地即塞垣。
统率军旅四十载，家无余财传子孙。
功高何无封侯诏？非同卫霍是皇亲。

诸葛亮

世乱躬耕梁父吟，茅庐三顾许驱驰。
行师用兵若姜尚，以弱胜强计谋奇。
益州一战成霸业，七擒孟获固根基。
内明赏罚立条规，外连东吴抗曹魏。
鼎足三分赖支持，托孤六尺昭信义。
身兼将相济两朝，守道有恒清如水。
子孙勤力自耕田，廿顷蚕桑得衣米。
鞠躬尽瘁数十年，死而后已感天地。
星落秋风五丈原，蜀人千载犹祀祭。
遗像长留锦官城，将与日月同辉丽。

武则天

是帝是王皆男人，何以女子不能济。
不信地义与天经，不畏凶神并恶鬼。
革除李唐称大周，潇潇洒洒自为荣。
诸多皇子无雄才，或幽或窜或废弃。
时人吟咏摘瓜诗，曾讥摘尽空垂泪。
国之权柄须利民，大仁大智可经纬。
与其犬子残穷黎，不如老妇居其位。

选贤任能天下平，轻徭薄赋除积弊。
身后留得无字碑，笑骂毁誉随人意。

苏轼

天令英物尘世来，卓然独立如泰岱。
生不逢时频遇灾，贬逐天涯蛮荒界。
九劫十难励节操，豪气凌云超尘外。
诗继李杜一大家，文章光芒垂百代。
登高望远举首歌，声达九州并九塞。
扫却五代柔靡姿，一洗绮罗香泽态。
奔腾直下如江河，汪洋闳肆鲸跃海。
元气淋漓感天人，穷理尽性无滞碍。
山川风云供驱驰，草木花实任摘采。
叹公旷世之奇才，悲公一生苦常在。
公之遗泽无际涯，南北东西人爱戴。

孙中山

民族民权与民生，节制资本助工农。
石破天惊闹革命，推翻帝制成大功。
华夏历史开新页，倡言天下尽为公。
恨无长绳系白日，让君百岁如青松。
疮痍满目君遽死，四万万人悲泪同。
身后留得浩然气，经天行地倚苍穹。

●杨利伟

神舟雄风

神舟腾宇展雄风，重任肩担搏太空。
探险飞天圆夙梦，摘星揽月步闲庭。
时空跨越迎新纪，浩瀚银河举旆红。
科技兴邦多壮举，中华雷响震苍穹。

杨澄宇

日喀则访军营

忍看泥坯裂缝墙，指尖凹陷鬓毛光。
回京容禀边陲苦，一诺三金泪两行。

帕米尔访军营

生命禁区永冻层，要寻春色到温棚。
边关将士汗浇灌，菜果瓜蔬四季青。

鸣沙山

金沙堆冢葬忠贤，换取边疆息战端。
风起如闻鼓角响，悲歌慷慨唱阳关。

●杨洪立

神七飞天世瞩目

2008 年 12 月于合肥

神七飞天世瞩目，揽月摘星探天路。
三英合究苍穹秘，一雄勇迈太空步。
夸父万户当笑慰，牛郎织女共起舞。
和平崛起不是梦，华夏同绘振兴图。

过陈独秀墓

2002 年 4 月 21 日于安庆

人以山得名，山因人增秀。
功过凭人说，历史自铸就。

赴南陵途中

2009 年 11 月 8 日于南陵

秋深天澄碧，鱼跃水清寂。
晚稻正丰熟，偶见鹭鸟栖。

初识台儿庄

2012 年 4 月 27 日于台儿庄

当年鏖战敌胆丧，今日水乡美名扬。
琼楼玉宇人间落，小城自有大气象。

雪后偶记

暴雪曾扰喜庆年，缺煤少电几多难。
而今楼角残雪在，便见人间春意满。

重阳感赋

一年重阳一年老，岁岁登高志未消。
花甲初度再奋起，老树著花更妖娆。

感兴（五首）

一

松涛阵阵胜八音，竹丛潇潇生妙韵。
雅乐总从天籁来，曲曲直直求本真。

二

磕磕绊绊识路径，风风雨雨见彩虹，

糠糠菜菜强筋骨，争争吵吵添亲情。

三

树散庭玉自清凉，阶生细草发幽香。
室雅何须华具饰，诗书相伴日月长。

四

数无终穷乾坤转，运不长厄否泰变。
福祸相依成万象，有无互生化大千。

五

无欲言清无累达[1]，名利俗情满眼花[2]。
修身原在嚣尘外，心静方能容天下。

---

[1] 明吴从先《小窗自纪》：“无欲者其言清，无累者其言达。”意为心无贪欲、身无牵累的人说话才会公道、通达。

[2] 释迦牟尼：“爱别离，怨憎会，撒手西归，全无是类。不过是满眼空花，一片虚幻。”

吴光裕

风入松·苏中七战七捷

1946 年向山东进发途中

独夫毁约起兵戎，恃强势凶汹。骄兵十万全推进，吐狂呓、日克苏中。一具画皮纸虎，军民热血填胸。

运动战法奏奇功，雄旅疾如风。穿插分割歼围敌，杀声里，排浪冲锋。七战凯歌报捷，金陵美梦成空。

渔家傲·孟良崮战役大捷

1947 年鲁中山区

嫡系王牌张灵甫，忘形得意狂言吐：北上鲁南无敢阻。擂军鼓，骄兵被困孟良崮。

华野雄师威似虎，猛攻八面弹飞雨。兵败将酋归地府。枪举舞，清场斩获三万五。

水龙吟·一江山登陆战大捷

涛翻东海连天际，列屿浮波苍翠。顽军据守，抓丁筑垒，农荒田废。渔禁船封，网闲空晾，苦熬生计。望椒江口外，沉云密布，解民苦，除芒刺。

进击三军励志，战鹰低、突防势锐。劈波斩浪，舰炮喷焰，敌船沉毁。强渡抢滩，排浪登陆，痛歼残匪。吊枫山义骨[1]，捐躯报国，永垂青史。

念奴娇·渡海登陆练兵

雾浮东海，正楼船列阵，待机潜伏。曳弹流星穿碧落，令出脱弦征逐。铁鸟翔云，战鲸吐焰，火箭冲天倏。硝烟指处，抢滩十万登陆。

舟艇排浪如潮，炮摧雷障，砦垒须臾覆。小试锋芒收列屿，台独胆丧心怵。天堑长江，海南琼岛，曩昔强攻复。尔今雄旅，精装执锐擎纛。

[1] 指枫山烈士陵园，解放一江山岛牺牲的烈士们埋葬在此。

沈荣骏

卜算子·东风航天城桥头

风拂面蒙沙，弱水欢歌奏。胡杨枝黄染梢头，远处青山秀。

遍地起高楼，惊梦驼铃路。汗洒戈壁十八秋，挥袖东风骤。

菩萨蛮·神舟一号飞船射前有感

金戈铁马交相映，东风欲驾游天境。“神一”傲苍穹，嫦娥舒袖迎。

今朝风雷动，圆却飞天梦。七载苦攻争，方酬赤子情。

满江红·神舟飞船首次载人飞行有感

大漠深深，黑河畔，神箭耸立。放眼望，日月同辉，碧空万里。惊雷一声震寰宇，巨龙冲天鬼神栗。看今朝，圆我飞天梦，如愿矣。

忆往昔，夜难寐。同携手，斩荆棘。伟业路漫漫，仍需努力。浩瀚苍穹常驻守，欲挽嫦娥游星际。立壮志，更上一层楼，全无惧。

宋清渭

忆秦娥·忆济南战役

号声咽，硝烟迷掩仲秋月。仲秋月，千军万马，短兵浴血。
齐鲁顽敌瓮中鳖，攻济打援顷刻绝。顷刻绝，土崩瓦解，城池陷缺。

老兵抒怀

战旗猎猎角声哀，风雨兼程阔步来。
三座大山翻脚下，改天换地笑颜开。

少小从戎报国来，枪林弹雨长成材。
自知肩上将星重，奋斗终生志不衰。

张庞

桃李如约满目春
——致张工政委

2006 年 5 月 5 日于北京西山八大处

桃李如约满目春，朝雨晚霞楼色新。
劝君更尽一杯酒，西山脚下皆故人。

都市立交桥

2002 年 6 月 8 日于京城遇车流断想

四肢伸展人生路，仰卧俯撑爱之河。
躬身胯下车似水，长枕大被风流歌。

江南游吟（选三首）

一

2004 年 5 月 13 日去广东广州番禺途中遇暴雨

天水泼街喜气多，车当游船路成河。
骄阳有意麻辣烫，疑是龙王涮火锅。

二

2004 年 5 月 17 日车过广东深圳

拔地高楼入九霄，毗邻错落尽妖娆。
椰村小镇无踪影，昔日渔家隐海潮。

五

2004 年 5 月 22 日游浙江奉化溪观千丈岩

飞流千丈下层岩，疑是银河底漏穿。
娲女不知何处去[1]，此间总觉暑天寒。

旅闽诗行（五首）

看榕城

2013 年 3 月 6 日

立地无根独木林，三厢七坊当传奇。
福地喜逢佳时节，枝繁叶茂正相宜。

登武夷

2013 年 3 月 8 日

一身葱绿一身绵，万千气象万千颜。
从峦独绽“一点红”，几株清香三百年。

---

[1] 娲女，即女娲。

瞻古田

2013 年 3 月 10 日

沧海危局挽狂澜，适有舵手好掌船。
战地黄花今更艳，风流小镇数古田。

致土楼

2013 年 3 月 11 日

客家玩起粘合土，圆方天地任我舞。
人间广厦何其多，土楼归来不看屋。

过厦门

2013 年 3 月 13 日

异国风情看鹭岛，海上花园多逍遥。
闽南歌仔戏连台，两岸炫舞竞妖娆。

春秋垂吊

题记：春秋时节，当代著名诗人、诗歌评论家和诗歌活动组织者李小雨、张同吾先后辞世，令诗坛愕然。闻之命笔，顿觉悲甚。

一

2015 年 3 月 7 日于八大处

春未归来小雨去，纱巾飘逝云峰间。

一纸悼文通关书[1]，天庭收得女状元。

二

2015 年 8 月 9 日于北戴河

秋日秋雨傍松寒，梦醒捧读君长安。
高山侧耳听海音[2]，大地举目寻诤言。

[1] 指张同吾悼念李小雨文章《飘逝的红纱巾》。
[2] 指张同吾评著《高山听海音》。

张凯

白洋淀

一片汪洋映碧洲，万家烟缕水乡稠。
千重苇嶂迎风舞，百叶轻舟遏浪游。
芦荡有情藏火种，雁翎奋勇扫貔貅。
英雄血洒白洋淀，赢得神州锦绣畴。

记冀中游击战

野燹狼烟暗九重，三光燕赵卷腥风。
同仇敌忾军民奋，喋血威扬刀剑横。
莽莽青纱张铁网，绵绵地道铸长城。
悲歌壮举惊天地，誓扫倭儿胆气雄。

西北进军歼二马

陇东铁甲震云霄，狼奔豕突何处逃？
青马攀崖犹困兽，宁王据险守残壕。
兵临城下猢狲散，月朗更深恶梦消。
鼙鼓声中迎国典，关河万里赤旗飘。

星火流年

曾因国难向仇雠，夙夜奔波日月稠。
空指发冠非大器，结缘通信度春秋。
朝朝暮暮传军檄，水水山山布弈畴。
星火流年皆往事，诗林书苑亦风流。

张耀

捣练子·夜战无名山[1]

一

风料峭，夜茫茫，越岭攀山攻敌防。猛打猛冲红雪溅，勇师一举灭豺狼。

二

抡战镐，固金汤，重创狂师何惧伤。军号声威惊大地，嘶嘶战马报春光。

[1] 无名山在吉林省四平市西南，战斗时间在1946年。

张少松

从军六十年

少年报国志凌云，松柏苍葱四季青。
最喜官兵亲手足，军营指战共心声。

西藏乃堆拉哨所

党的光辉照雪山，农奴百万把身翻。
只缘我在岗亭站，鬼怪妖魔莫入关。

张化春

诉衷情·尽瘁夕阳

——出席全军先进离退休干部表彰会有感

群英各路聚华堂，音像诉衷肠[1]。惠风阵阵拂面，义重暖心房。
思往事，志昂扬，力争强。今生何往？永不离鞍，尽瘁斜阳。

前调·大爱无声

山摇地动似天倾，一震九州惊。中央急令援救，行动快如风。
倾国力，献真情，拯苍生。以人为本，大爱无声，多难邦兴。

前调·观电视剧《铁色高原》

当年四海雾迷天，领命战高原[2]。大军摆阵千里，穿透万重山。
急战备，抢时间，保国安。铁龙飞过，天路绵延，将士心欢。

[1] 表彰会为电视电话会议形式。

[2] 二十世纪六七十年代，两霸威胁我国安全。铁道兵十万大军奉中央军委命令，战胜重重困难，付出巨大牺牲，抢建了成昆，湘渝两条“大三线”战备铁路。

前调·历史开新篇

——“神七”问天圆满成功有感

文明古国五千年，今日最开颜。炎黄漫步天外，历史开新篇。彰国力，壮军威，耀江山。神州崛起，科技撑天，昔梦今圆。

老将军的风采[1]

将军新弄墨，情满豫章城。
紫塞曾麾阵，砚池再点兵。
拳拳酬国志，猎猎战旗风。
放眼观天下，心牵细柳营。

[1] 指 2004 年“八一”在南昌举办的总装备部百名将军书画展。

张文台

高原官兵

唐古拉山四季冬，官兵扎寨在冰峰。
丹心奉献诚无悔，生命禁区建伟功。

官兵夜话[1]

江南绿水青山多，翠竹摇枝嬉碧波。
落日斜辉塘坳畔，官兵促膝掏心窝。

[1]2004 年 6 月 6 日于涟源仓库同官兵谈心后作。

张书坤

沁园春·大难见证中国心

大难当头，本性呈真，熠熠爱心。看华夏民族，血融一脉；天南地北，陌路亲人。前次冰灾，今番地震，亿万同胞共梦魂。天塌陷，有英雄巨手，擎挺乾坤。

汶川地震杀人！悲广袤、城乡荡不存。汇千军万马，风雷赴难；安人恤命，昼夜晨昏。血汗身心，义无反顾，天鉴冰心耀宇旻。情动处，纵男儿泪贵，亦任倾盆！

张乐元

西江月·还乡

去日满天飞絮，归来布谷声声。回家小住过清明，细雨桃花燕影。
五十春秋易过，儿时岁月难平。离乡离土不离情，绿水青山作证。

张寿刚

寄远望人

万里海航遥，笑谈风浪高。
追踪星与箭，志系卫星翱。

张寿华

贺核潜艇远航归来

苍天碧海雨蒙蒙，吐雾吞云气势雄。
破浪骑鲸千顷雪，翻江倒海一条龙。
速航不觉寒风劲，深驶常思旭日红。
若问今宵何处歇？太平洋底水晶宫。

乐守南沙

南沙云集好儿郎，饮浪餐风日夜忙。
乐戍天涯心似铁，苦巡海角志如钢。
衔泥种菜棵棵绿，点水栽花朵朵香。
翡翠礁盘玉楼起，烟波深处建新乡。

●张际功

满江红·贺神七升天

征服高空，斗志励、魂萦梦牵。刚转瞬，箭驰星掣，一翥冲天。玉兔传书忘捣药，吴刚擎盏酒微酣。景翟刘、携手访苍穹[1]，书伟篇。

征路远，谁畏难？舱外走，闯重关。爱国心潮涌，勇跨征鞍。胜利返航金鼓震，彩虹飘舞万民欢。沸神州，四海乐无涯，人不眠。

[1] 指航天员景海鹏、翟志刚、刘伯明。

张鼎铭

夜潜

海面无波镜未磨，夜深浪静探龙窝。
蓝鲸伸出长臂眼，天水融融月似梭。

远航

单艇潜航夜梦长，相思两地寄何方。
骑鲸蹈海平波去，水下神兵卫海疆。

张鹏飞

鹧鸪天·首次潜艇水下发射导弹

巨浪滔滔云涌天，海鲸稳稳定深渊。层层密密弓如月，挤挤叉叉步比肩。

居斗室，铸宏篇，辛酸苦辣亦甘甜。剑出水下凌空刺，直捣中军乱霸圈！

水调歌头·东风航天城

同在九天下，何处是东风？黄羊三五出没，偶见几驼峰。沙枣香飘拂面，红柳迎风照眼，沙漠旆旗中。一片绿洲里，点号卧长龙。

发射队，测控室，百花荣。箭星环宇，华夏圆梦探苍穹。妙手书成巨画，精技研发空域，功力数无穷。登顶轻艰险，揽月显英雄！

陆恂

功勋飞行员岳喜翠

中华巾帼爱蓝天，破雾穿云三十年。
救旱天山催暮雪，降霖哈市逐朝烟。
远航镇定升腾际，万险排除指顾间。
永葆青春多业绩，谁言女子不如男？

赞神七飞天

出舱信步太空行，笑展红旗我是星。
千载飞天圆宿梦，世人惊看巨龙腾。

忆聂荣臻元帅会见日本“小姑娘”美穗子[1]

昔日救孤成美谈，战场护送又交还。
寻孤当时越东海，携眷来华偿夙缘。
四十年间天地变，中日友好谱新篇。
宾主欢聚话往事，人道精神润心田。
元帅赠画言涵义，岁寒三友谊长传。

[1]1940年晋察冀军区传颂着聂荣臻司令员救孤送孤的故事。1980年5月，姚远方同志写了《日本小姑娘，你在哪里？》的通讯，在日本掀起了寻找美穗子的中日友好热潮。同年7月，聂荣臻元帅邀请美穗子全家访华并会见了他们。

赠守岛战士

胸怀大海浪飞腾，身似苍松四季青。
踏遍沙滩不停步，目光穿透雾千层。

●陈长寿

渐入秋期

2014 年中秋节

热风缠绕仍当时，凉意轻袭白露知。
推户苍山吐月早，卷帘桂树含霜迟。

国庆节思乡

2014 年国庆节

海风岛雾沙场行，国梦乡愁别样情。
三页家书刚搁笔，五更号角再点兵。

回望古田

2015 年元旦

旧式队伍难洁纯，心杂步乱何以遵。
九月来信及时雨，群英会集古田村。
万源祠内出决议，煤油灯前定军魂。
除弊转型飘瑞雪，整军洗礼现早春。

别春

2015 年劳动节

飞步绿野曲径中，举头芳菲伴落红。
侧耳塘蛙传新韵，回眸家燕访耕农。
轻风携趣拂杨柳，阵雨撒欢戏芙蓉。
常历旱涝和寒暑，乐观春夏与秋冬。

隆重纪念中国人民抗日战争暨世界反法西斯战争胜利 70 周年大阅兵

2015 年 9 月 3 日

国难英雄胆，抗战民族魂。
亮剑胜利日，维和地球村。

巨握

2015 年 11 月

星岛先生会，一中两岸筋。
时空隔不断，携手再谋新。

长征薪火传

2016年9月1日

临危撤退挽途凶，演绎奇绝败转功。
草地雪山军号远，马灯火把战旗红。
夺关勇士惊天外，浴血忠魂贯世中。
薪火相传齐筑梦，基因永续耀时空。

●陈世文

海练
——驻训翡翠岛

水抱平芜翡翠洲，风萧荒岸起沙丘。
帐篷村设来黄鸟，泳道球漂惊海鸥。
浪里白条争奋勇，波峰兰艇乐颠悠。
旆翻更展英雄气，雪涌花飞壮志酬。

风怒云翻燕雀啾，忽来猛雨落当头。
渔舟收网归帆急，战士分波踏浪游。
倏地遮阳钻缝隙，霎时浓雾竞奔流。
又闻舰吼炮声响，泛水铁车压海陬。

江城子·驻训金银滩

金沙十里海空晴。远天明，近波澄。水里健儿，畅泳似蛟腾。潮卷望楼风浪起，人不怯，棹无惊。

银滩晚照彩云生。沸长汀，乐官兵。球场呐喊，笑脸映苍溟。沙垒平台歌唱罢，犹有兴，捉蜻蜓。

露营滹沱岸

冰封滹水雪封山，钻卧坎沟蒿棘间。
顷刻千军人影逝，一弯清月照边关。

陈旭榜

临江仙·赠防川边防战士

头上红星闪耀，眼观疆界三方[1]。爬冰卧雪守边防。夜深风刺骨，拂晓满头霜。

紧握钢枪担重任，铸成铁壁铜墙。情融祖国创辉煌。江山披锦绣，社稷万年昌。

西江月·甘泉颂

——赞宁夏军区给水工程团

翻越高原沙海，奔驰戈壁冰川。扶贫打井志登天，流水欢歌相伴。

挑战狂风飞雪，送迎酷暑严寒。吞咽苦涩捧甘泉，喜看村民笑面。

[1] 防川地处中朝俄三国边界。

邵农

采桑子 · 红军长征过四川

长征万里艰难路，铁骨丹心。举世钦闻，堵截围追枉费神。

雪山草地等闲过，大渡飞军。顽敌惊魂，地覆天翻禹甸新。

苗汝鹍

进军川东过桐梓山

母猪峡底谷森森，梯子崖头暮霭沉。
百里桐山多菜色，千家蓬荜尽悲喑。
壮男惧冷披棕片，少女无衣卧烂衾。
谁识山村贫若此，人间待变盼春霖。

水调歌头·战火中的南开儿女

——怀重庆诸战友

解放山城日，巴蜀现春光。几多英俊儿女，慷慨赴戎行。千里湘西平寇，百叠关山抗美，壮志奋轩昂。底定生平业，铸就百年疆。

春花盛，秋月朗，雪风狂。山河湖海，寰宇万里任翱翔。历尽艰难岁月，踏破冷寒冰雪，炼就一身钢。欣看清平世，何患鬓毛霜。

林平

夜行军过分水关

1949 年 7 月

盛暑军行急，夜经分水关。
侧身傍峭壁，俯首望群山。
晓露浸衣湿，山风透体寒。
会歼逃闽敌，岂畏征途难。

解放厦门

1949 年 10 月

福州甫下又南征，将士袍衫满战尘。
建国初闻盈喜泪，为民夙愿葬瘟神。
誓师蓄锐摧残垒，怒海飞舟克厦门。
集美滩头相继渡，军中自愧是书生。

天香·抗洪堤畔鱼水情

滚滚洪峰，荆江堤畔，市场新事处处。卖主殷殷，坚持低价，难煞军人买主。公平买卖、有军纪，坚持高付。鱼水情深可感，君子国风重睹。

如是经营何故，听个中、情怀细诉。百年一遇洪水，护堤抢险，赖有昆仑砥柱。好家园、全仗亲人护。难尽绵薄，聊欲相补。

水调歌头·重访启东塘芦港[1]

重访塘芦港，宿梦喜能圆。惊讶全异旧貌，入目尽新颜。连片良田沃野，芳草池塘鱼鸭，华屋耸高檐。更上新安镇，恍入武陵源。

永难忘，半纪前，塘芦滩。夜半狂风巨浪，飘泊落荒船。四顾凄凉天地，无际淤泥没膝，极目绝人烟。敌后重围路，刺骨朔风寒。

[1] 重游（南）通东五十余年前战时旧地，途中绕道访启东塘芦港。1947 年敌后坚持中，年初一度被迫下海，农历大年除夕午夜于海船上突遇大风暴，险遭覆没，飘泊至此，复于绝境中突围。新安镇位此港湾西南数里，时为敌顽据点。

林谦

长征胜利

运筹帷幄破关津，万里长征历苦辛。
遵义群贤崇马列，赤河四渡转乾坤。
挽澜自有回天手，前进欣逢掌舵人。
化险为夷凭智慧，帅旗指引铸军魂。

老兵夜话

玉苍含黛夏风轻，历历当年夜点兵。
摇扇摆谈先烈事，眶盈老泪话刘英[1]。

[1] 刘英，浙江党与红军的主要领导人之一，曾与粟裕同志一道，以玉苍山为据点，开展革命武装斗争。

尚可

忆江南·戎马太行

烽烟事，戎马太行山。崇岭奔腾山险峻，红旗漫卷士昂轩。与敌巧周旋。

风云急，烈火太行烧。愤举人民钢铁臂，敢搏日寇血腥刀。百战炼英豪。

红霞漫，倭寇太行凋。战士凯旋心益壮，江山光复志如潮。更望路程遥。

岳宣义

回师

1979 年 3 月

边寇今天讨罢还，七十二号界碑前。
又瞧华夏河山好，伴我春风唱凯旋。

调关矶上生死碑[1]

1998 年 8 月于石首

万里长江险段长，荆江三转九回肠。
铺天浪涌西来急，盖地涛奔东去忙。
誓为平原除险患，甘同武汉共存亡。
英雄生死抛天外，立马矶头豪气扬。

从乌林到赤壁舟中

洪湖市之乌林与嘉鱼县之赤壁，隔长江相望，乃周瑜大败曹操之战场。今夏济南军区两个师在此抗洪，9 月 10 日，我乘冲锋舟自乌林过江到赤壁，行至

[1] 调关矶，距石首市区 20 余公里，长江在这里转了个“几”字形的大弯。8 月 9 日，朱镕基总理来此视察时指出：你们的后面是江汉平原，前面是洞庭湖平原，东边是武汉三镇，如果在这里溃堤就是全国性的灾难！为此，“沙家浜团”在调关矶头立下了“誓与大堤共存亡”的生死碑。

江心，秋风吹落我之抗洪迷彩帽。

风卷洪波浪遏舟，乌林赤壁入凝眸。
千年壮士豪情在，今日雄师气势遒。
拼命只因图报国，舍身原不计功酬。
西风借我降魔帽，追逐长江万里流。

新中国成立六十周年阅兵

撼天动地过长安，华夏欢欣醉俏颜。
梦里百年悲鬼后，眼中一刻笑楼前。
鸟枪换炮堪威武，霸主惊心不胜寒。
钢铁长城新耸起，任凭风浪凯歌还。

周迈

登嘉峪关

万里长城何处头？登临嘉峪望神州。
祁连犹有千秋雪，大漠应无万户侯。
袅袅烟随平野尽，涓涓泉入大荒流。
镇关将士今安在，化作长龙付壮酬。

读《不惑年鉴》

回眸军旅写沧桑，感悟人生韵味长。
风雨多经承父志，熔炉百炼筑国防。
栽培桃李诗千首，托起将星雁几行。
掩卷识得高段位，谁言夕照不辉煌！

西北演兵

大漠金秋丽日高，沙场砺剑卷狂潮。
银花点点从天降，飞弹隆隆动地摇。
自古演习多演戏，而今磨志亦磨刀。
硝烟起处欢声起，壮我军威胆气豪。

唐多令·参加中俄联合反恐演习

塞北聚精兵，演习为打赢。看中俄、反恐同行。国际传媒齐瞩目，惊欧美，震东瀛。

平地起雷霆，冲天掠战鹰。霎时间、弹箭轰鸣。靶场频频传喜讯，呈赤子，爱国情。

西江月·井冈山感怀

久仰井冈圣地，今瞻革命摇篮。红军盛事广流传，触景情生百感。

星火燎原不易，人寰圆梦尤难。中华擎帜引航船，坚信终达彼岸。

周奋

挺进广州途中

挺进羊城打虎狼，十三年后返家乡。
夜翻庾岭霏霏雨，日过新丰灼灼阳。
为俘残敌脚步紧，猛追穷寇志昂扬。
途经良口乡亲见，呼唤乳名喜若狂。

●周一萍

临江仙

黑夜沉沉传霹雳，新军崛起南昌。铁流滚滚战旗扬。神州驱虎豹，碧血谱华章。

再度长征肩重任，军威又震疆场。雄师百万整戎装。挽弓如满月，何日射天狼。

宿马兰

茫茫瀚海暮云垂，壮志吟风铁臂挥。
遍野马兰花怒放，烟岚起处发春雷。

减字木兰花·贺我国实验通信卫星发射成功

金焰万丈，拔地冲天银汉壮。意态从容，愿向人间播彩虹。
星球同步，天际遨游惊玉兔。俯瞰神州，万象生辉春意稠。

如梦令·祝潜艇水下发射运载火箭成功

激浪扶摇吐焰，划破云天掣电。千里舞狂飙，气壮瀛寰神箭。神箭，神箭，争颂神州新艳。

建军五十五周年咏怀

喜送雄鹰上碧空，争观战舰胜蛟龙。
军工戮力军威壮，一曲高歌四海同。

霜天晓角·龙飞

神龙起舞，飞向长空去。奋跃瞬间千里，重奔赴、天涯路。
巨星冲薄雾，欲为琼宇旅。频向人间传语，笑声朗、共凝伫。

周克玉

夜克沟墩、田舍[1]

1947 年 6 月

敌人烧杀抢，战士仇满腔。
得令拔据点，磨刀又擦枪。
深夜黑茫茫，蛙鸣战鼓狂。
前队传口令，子弹急上膛。
一声冲锋号，夜色何辉煌。
几番争夺战，越打志越昂。
枪声密如雨，四处喊缴枪。
未待星月退，欢呼满战场。

渡江之夜[2]

1949 年 4 月

千帆竞渡断浪飞，万炮齐发敌垒摧。
扬子江头雷霆夜，铁军雄师显神威。
怒涛席卷江南岸，“金汤”一夜尽成灰。
春风杨柳迎亲人，波光闪闪映朝晖。

[1]1947 年 6 月 23 日，我华野十二纵一部在地方部队、民兵配合下，一举攻克了盐城与阜宁之间被国民党军占据的沟墩镇和田舍，歼敌 500 余人。作者时任连指导员，参加了这次战斗。

[2]1949 年 4 月 20 日夜，于安徽巢湖乘木帆船参加渡江之战，一举攻取南岸芜湖，又冒雨急行军二百余里，经宣城、郎溪、广德追歼了数万溃逃之敌。

瞻仰八女投江雕像[1]

1995 年 8 月

气贯长虹八姐妹，巾帼从不让须眉。
侠骨浓香胭脂凝，铸成天地忠贞碑。

南疆铁长城

1979 年 4 月 9 日，乘汽车由云南省个旧市到前线金平县看望参战部队。见我南国边境，山势雄奇，士气昂扬，军民团结，坚如磐石，以诗记之。

个旧到金平，山高路难行。
人在车上颠，车在云中腾。
摇簸三百旋，叠翠九千重。
挥汗抒豪情，南疆铁长城。

[1]1938 年 10 月上旬某夜，东北抗联五军的妇女团指导员冷云，班长胡秀芝、杨贵珍，战士郭桂琴、黄桂清、李凤善（朝鲜族）、王惠民　四军被服厂厂长安顺福（朝鲜族）等八名女战士遭日军追击，经过顽强战斗，退到牡丹江支流乌斯浑河河边。当她们打完了全部子弹时，冷云背起负伤的战友，战士们手挽着手，高呼抗日口号，毅然向河心走去，英勇牺牲。

谈笑过天险

——登西岳华山纪行[1]

几过华岳瞻险峻，今日宽余喜登临。
犹如当年战淮海，行如疾风入山门。
千仞壁峭迎新客，幽谷回荡笑语声。
五里关上不停步，毛女洞前赞帼英。
十八盘中甩拐杖，迎面归客夸豪情。
路旁小栈稍休憩，一碗米粥振精神。
同伴争上回心石，身临奇险不移情。
千尺石阶如直立，顶踵相接争攀登。
百尺峡道瞬间过，群神惊喜迎宾亲。
欲觅老君走犁沟，聚仙台上茅草深。
卧牛不知何处去，纪念碑前拜英灵。
开怀振臂揽风光，雄鹰只在半山行。
北峰顶上留个影，人比山峰高一层。
步出玉泉未达意，脚踏西峰不了情。

赞鼓浪屿好八连

1989 年 12 月

东海明珠鼓浪屿，军中红旗好八连。
琴心剑胆耀日月，革命本色一脉传。

[1]1995 年 6 月 10 日，我同华山脚下驻军几位同志一起，用五个小时一路谈笑登上天险华山北峰，时年 66 岁。五里关、毛女洞、十八盘、回心石、聚仙台、北峰，均为华山景点。纪念碑是为解放华山牺牲的烈士而立的。传说毛女洞是秦代一位反抗暴政的女英雄隐居处。玉泉，华山脚下的玉泉院。西峰，华山另一主峰。

泰山述怀二首

——应泰山碑林管理处之约而作

1992 年 4 月 25 日

一

铸鼎封禅未足豪，秦皇汉武亦鸿毛。
休夸一览群山小，珠玛昆仑比我高。

二

情系人民天下泰，千年香火费疑猜。
天梯步步凭君踩，喜看英才拾级来。

心 曲

——参加第九届全国人民代表大会第一次会议感赋

1998 年 3 月

轻按电钮重千钧，胸中跳动万民心。
百姓赋权当珍重，人为天兮民至尊。

贺中国宇宙飞船首飞归来

1999 年 11 月

大鹏展翅千古梦，神舟腾飞世纪新。
百万玉龙迎归客，华夏春风满乾坤。

忆江南·延安十颂
——观《延安颂》四十集电视剧有感

2002 年 1 月

一

延安好，宝塔映碧霄。虎啸龙吟腾万马，大旗蔽日起狂飙。中华志气豪。

二

延安好，征程树航标。首战平型关报捷，又斩敌酋名花凋。霹雳惊天晓。

三

延安好，妙策挽狂涛。兵谏张杨气堪豪，更有高手解险厄。巍峨挺天表。

四

延安好，团结第一招。一将诚服一妇笑，领袖心怀唯民高。襟宽容海涛。

五

延安好，塞北江南娇。自力更生无敌手，丰衣足食路条条。逆境出高韬。

六

延安好，艺开新风骚。文武大军同上阵，殊途归一为明朝。日灿月昭昭。

七

延安好，清流照人心。整顿三风除三害，革心洗面袒胸襟。风气更垂新。

八

延安好，民主绽花蕾。政简兵精声威壮，军拥民爱两无猜。难得此风采。

九

延安好，窑洞育奇才。小小油灯照人寰，遍地英雄辟关山。谁敢等闲看！

十

延安好，丰碑耸云端。喜看盛世宏图展，倍思当年创业艰。能不忆延安？

寻访长征路（三首）

仰望长征第一山

从林雨洗绿云烟，曲径陡旋山半巅。
樟树犹聆星落后，梁祠目睹檄频先。
秋风雁叫晴空动，马踏霜晨石级咽。
此去长征逾二万，雄魂拓出一重天。

过长征第一村

盈盈绿水抱新根，艳艳云霞抚旧痕。
标识路旁明望眼，长征道是第一村。
当年少妇含情送，今日阿婆泪依门。
户户嘘嗬期早返，归来十五几多人。

谒长征第一渡

清流映日浪衔枚，贡水犹言急令催。
心托门桥输壮士，泪沾红薯盼归来。
云遮赖有灯相照，水冷还需胆似醅。
渡口凝神思不尽，虔诚敬礼慰英才。

郑文翰

南征纪实[1]

1949 年 8 月

春离燕赵地，迤逦向南方。
耀武经郑宛，练兵在樊襄。
远奔袭宋咀，鏖战克宜昌。
凌桥跨众水，飞舟渡长江。
骄阳似烈火，山路尽羊肠。
我军猛追紧，败敌溃逃忙。
拨云青天见，万民齐仰望。
长征三千里，高歌入荆湘。
一路传捷报，旗飘青史芳！

[1]1949 年 7 月 6 日开始宜（昌）沙（市）战役，我团长途奔袭宜昌外围据点宋家咀等地，接着苦战两昼夜，攻打敌主阵地镇镜山，于 16 日进占宜昌。

●屈全绳

瀚海梦

1962 年 7 月于轮台兵站

回望天山百里峡，群峰环立蔽黄沙。
梦中几回乡关路，号角连营惊漠涯。

昆仑碑

1972 年 9 月于康西瓦烈士陵园

血染昆仑骨未还，壮魂阵烈亦森然。
遗言最是激心志，十万雄兵刃透寒。

醉花阴·昆仑兵

1974 年于阿里军分区留守处

遥望昆仑人径灭，路断西风烈。夜幕罩天涯，哨卡金戈，挑起一轮月。
冰山默默人如铁，膝下三尺雪。汗透两层棉，后继前赴，脚掌斑斑血。

沁园春·巡逻

1975 年秋于阿克苏

暮色苍茫，瀚海无垠，大漠聚寒。望雪山上下，峰峦巍峻，碧空万里，星缀高天。犬吠羊归，炊烟袅袅，新婚人家笑语欢。好一个，洞房花烛夜，男女不眠。

更深催马加鞭。扬士气，开弓当满弦。斩断熊罴爪，莺雀声翠，牛羊嬉戏，山水开颜。放眼前程，胸怀赤胆，多少龙城飞将还。防外患，看花红草绿，春燕秋蝉。

家书

1984 年 9 月于吉木乃口岸

雁阵声寒九月天，萧索草木借风翻。
壮心只愿西陲固，肝胆常为寸土悬。

踏莎行·登嘉峪关

1985 年秋

岁岁花红，年年草枯，黄沙漫漫阳关路。半轮落日照祁连，月明又梦长安柳。

满目霞光，雄关锦绣，长城万里埋忠骨。莫因西去唱离愁，登楼高吟交河赋。

谒西路军烈士陵园逢雨

1986 年秋于高台西路军烈士陵园

受命西征甘赴死，红军碧血染祁连。
长途转战黄沙泣，狭路相逢二马残。
百战将军终饮恨，巾帼遗体骨难全。
秋风悲雨高天祭，万缕忠魂卧地眠。

水调歌头·望海

日暮黑云低，大雾傍山生。天涯红晕消尽，雷电贯长空。不见鸥飞鱼跃，只有惊涛闹海，铁甲露峥嵘。试看风波里，舰炮吐长虹。

南沙月，千秋照，帐苍穹。年年岁岁，多少将士寄衷情。今日劈风斩浪，劲旅纵横四海，万里任驰骋。猎猎军旗展，把舵缚蛟龙。

赵文光

满江红 · 辽沈决战

1948 年 12 月

暗渡辽河，危旌动，貔貅衔月。玄诡道，捣虚批亢，瓮中捉鳖。夺取锦州磐击卵，狙击塔岭岿如岳。蒋亲征，战舰伴飞机，犹心怯。

虎山啸[1]，争夺烈，车错毂，白刃血。嗟风声鹤唳，嫡师凄切。莫遣只轮归海窟，漂石激水沈堤泻。狂潮涌，黑水淬白山，红旗猎。

水调歌头 · 吊淮海战场

骆马邻彭海，龙虎斗千年。七捷名将一谏，故垒唱东边。西柏坡前羽扇，建业城中累卵，肥豕守中原。风雨大洋岸，佳丽美难全。

碾庄齑，双堆焰，蚌徐瘫。曳兵弃甲，陈官四面楚歌寒。回首台庄大战，弹尽粮空喋血，缘甚战犹酣？向背人心在，成败道为先。

抗美援朝

绿江彼岸射长蛟，千里河山战火烧。
城火殃鱼当抗美，唇亡寒齿必援朝。
东征勇士朝藏洞，破虏将军夜渡桥。
以劣胜优惊世界，列强气焰散云霄。

[1] 指辽西之大虎山。

赵可铭

寸草心

——记一位烈士的遗言

星火难分辨，硝烟遮月熏。
高地几争夺，群峦罩霾云。
脚下皆焦土，草木露碎根。
激战到天亮，顽敌更狂淫。
壮士话死生，双目何泪噙。
言语岂详尽，遗言寸草心。
面北行大礼，九死难报恩。
我若战不归，恳请作两均：
一还故乡村，播撒果树林。
年年结鲜果，贡奉众乡亲。
三岁丧父母，孤儿百家存。
衣食足饱暖，千千恩情深。
一留守高地，战友永不分。
边土未宁日，不做暝睡昏。
血肉滋青松，地下长歌吟。
铁骨忠魂在，边疆总是春。

百字令·解甲

登高眺望，见天染枫叶，云蒸霞蔚。驹隙仕途飞骎度，思绪万千交泄。左右黄河，长江南北，人在戎营垒。雪泥雁迹，谢恩心问无愧。

莫叹未有春晖，壮怀不老，搏浪东流水。起舞人生征路远，借个百儿多岁。飒瑟秋风，不销英气，何惧冰霜坠？我书能就，添与夕阳明媚。

观黄河壶口瀑布

1995 年 8 月草于西安临潼

烟波浩淼真奇观，黄涛狂舞壮河山。
冲天怒吼因何故？国未强盛怎能安！

祁连山下 [1]

1995 年 10 月草于祁连山下

融雪汩汩流，北麓草幽幽。
红果扮秋色，伫立暂忘愁。
愁思常相绕，当为天下忧。
思想建高地，江山多锦绣。

[1] 当时作者从甘肃武威经河西走廊，沿祁连山北麓西行，途中休息，观景伫立而忘情，感慨良久。

念奴娇·观长江

1993 年 5 月草于湖北武昌

暖方伫立，颂春水、望尽源头西陆。万代霜冰，千载雪，独自凭空融释。破雾穿云，托星捧月，擎起蒸蒸日。无须凌跃，堪当天仰高度。

夺路咆哮奔腾，旌旗翻卷，携巨微沙砾。近看无尘真爽朗，且铸精魂忠魄。雄伟长江，与黄河是左右双襟肋。流驰东向，半屏合汇完璧。

沁园春·大漠胡杨

2002 年 11 月草于新疆库尔勒

一带荒沙，非似参天，挺起枝身。对劲风烈烈，黄烟漫漫；天涯久宿，好树称尊。不死千年，千年不倒，倒了千年不烂根。曾有否，那黄昏寂寞，厌看霜新？

甘心挽贯天真，又岂是今生闲等尘。望征埃阵阵，残垣膏血；古今俯仰，见证风云。沙漏筛金，石坚化玉，淘尽人间终铸魂。吾折佩，叹镇长铁骨[1]，心志为邻。

[1] 镇，意犹长。

渔家傲·参观湘江战役纪念馆感念[1]

2006年11月草于桂林

青山为碑声寂寂，当年名字谁人记？凭吊游人多渐济。湘江忆[2]，貔貅五万身先义[3]。

五万红军皆种子，痛悲血染沉船壁。从此春风能化雨。将军泣，薄情不懂情深意。

踏莎行·毛主席与抗大[4]

抗战中枢，光明圣地。延安抗大传奇迹。挖窑建校筑家园，石砖桌椅泥墙字。

抱负雄雄，豪情奕奕。聆听领袖传真谛。艰难困苦玉精成，学添本事前方去。

---

[1]2006年11月，作者带国防大学国防研究班省、军级以上干部学员到南方考察调研，经广西桂林时，专程前往全州湘江战役纪念馆凭吊并参观。

[2] 湘江忆："忆"，为"役"之谐音，也含有"役"意。

[3] 貔貅，猛兽名，古时用作军队的别称，以喻其勇猛善战。陆游词《水调歌头·多景楼》中有"千里曜戈甲，万灶宿貔貅"句。

[4] 抗日军政大学（全称"中国人民抗日军事政治大学"，简称"抗大"）是在抗日战争时期，由中国共产党创办的培养军事和政治干部的学校。

满庭花·老校长刘伯承元帅[1]

鱼米之乡，腊梅初放，四川开县荣生。响应革命[2]，为护国尖兵。名冠川中奋勇，凌云志、气贯长虹。何人比？无须屈指，刘邓共齐声[3]。

威风，难细数，锋磨几许，血火征程。系衰兴为梦，垂请长缨[4]。培育军官基奠，谋远虑、有备之争。

[1] 刘伯承（1892—1986），原名刘明昭，四川开县（今重庆开州区）人。中国人民解放军重要创始人和领导人之一。少年时投笔从戎，立志报国。

[2] 宣统三年（1911 年），刘伯承在万县参加响应辛亥革命的学生军，革命征程，初试锋芒。

[3] 抗日战争中，刘伯承与邓小平分别担任一二九师师长、政委，解放战争中又分别任第二野战军司令员和政委，共同指挥多次重大战役，包括淮海决战，解放大片国土，号称使敌人闻风丧胆的“刘邓大军”。

[4]1950 年底，刘伯承放弃时任西南军政委委员会主席的要职，主动向毛泽东请缨，组建人民解放军军事学院（国防大学前身），任院长。他曾指出：培养军官是最艰巨的战争准备。刘伯承亲自编写和翻译大量军事教材，执鞭上课，是我国现代军事教育的奠基人。坐落在国防大学帅园内的《老校长刘伯承元帅》的半身雕像，为著名雕塑大师程允贤创作。

●赵立荣

长空寥廓展雄鹰

神州赤子驾云腾，满岁雏鸢破雾征。
利剑江东穿纸虎，条旗域北坠荒陵。
星移斗转迎花甲，翼健天高竞技能。
泰岳峥嵘凭旭日，长空寥廓展雄鹰。

看飞行表演

长空比翼沐东风，低掠高旋绘彩虹。
朵朵祥云仙女降，烟花烂漫国旗红。

●赵金光

[双调·得胜令]从军

跃马走寒山，拔剑过冰川。许国寸心铁，劳歌热血篇。扬鞭，入梦家乡远；几番，松声枕月眠。

姚萍

渔家傲 · 豫西抗日根据地反“扫荡”

中岳嵩山风雨袭，万安山下呼声急。田野青纱藏主力。休停息，军民歼敌丰功立。

夜里行军山地寂，月光收敛星辰密。横扫倭奴谁与敌？军情逼，人民群起争朝夕。

中原突围抵淮北解放区

乍起风烟大别山，进军昼夜雨连绵。
突围胜利二千里，转战功成廿四天。
喜度中秋洪泽县，更迎苏皖火红年。
依湖张彩人喧闹，子弟高歌奏凯旋。

酹江月 · 淮阴保卫战

洪湖波冷，白云遏、秋水长天奇绝。远眺惊涛三万顷，中有扁舟似叶。锦绣河山，田园交错，满眼皆澄澈。荷塘如画，不时飞动双蝶。

倭寇方举降旗，独夫横肆，又穷兵喋血。趁两淮烽烟略净，封豕眈眈相迫。古道为防，运河增垒，鏖战风云烈。雄师扫过，王牌锐气烟灭。

水调歌头·临汾战役

极目望寥廓，汾水涌清波。傍山寻路疾进，难捺激情歌。会战华东当日，今岁转戈西北，捷报一何多。形势惊飞变，岁月莫蹉跎。

争朝夕，辟新宇，把拳磨。誓歼顽敌，成城众志壮山河。昼夜兼程行进，直捣卧牛城下[1]，一举覆鸱窠。此地风光好，谈笑捉梁魔[2]。

[1] 卧牛城，临汾的俗称。

[2] 梁魔，指国民党第六集团军副司令梁培璜。

贾休奇

忆往

雄兵逐夜进，踏月引敌营。
觅径嫌瞳小，接敌恨月明。
犹如官渡战，孤立归绥城。
一战山河动，征衣映日红。

上苇甸伏击战

上苇秋风扫露时，妙峰山麓炮声疾。
星稀月淡羊肠道，林密山高滴水衣。
两撤三伏真亦假，三十六计诈为奇。
遭伏欲遁穷无路，汹涌浑河没蒋旗。

临江仙·马场送军马

塞外黎明秋雾冷，天高草郁云平。西风阵阵掠黄城。骅骝今入伍，欢送去军营。

相望牝驹蹄刨地，长嘶离别声声。汪汪泪眼诉亲情。尔今离远去，疆场事新征。

江城子·夏夜宿察古拉边防点

俯看鹰背伴危崖。察古拉，早安家。锅化坚冰，不见草生芽。炽热火炉寒暑共，牛粪饼，爆红花。

嫦娥曼舞送归槎。燕衔沙，鹊喳喳。欢泪相亲，梦断又天涯。数载戍边同此月，常照我，保中华。

夏夔

重到鄂西北

又到当年两竹房[1]，突围往事实难忘。
西征东返功千载，前堵后追梦一场。
汉水风涛强渡险，荆山陡峭勇登忙。
荒原洒尽英雄血，雷许坟头土尚香[2]。

菩萨蛮·重访安家集

驱车重访安家集[3]，来寻昔日旧踪迹。走近易家岗，依稀是战场。
河滨逢二老，自谓事都晓。不绝语滔滔，军民兴致高。

痛悼李人林同志

临危受命返襄东，五百健儿驰鄂中。
屡出奇兵收重镇，频施妙计灭顽凶。
纵横转战破罗网，堵截围追叹技穷。
百倍敌军何所惧，大洪桐柏显英雄。

---

[1] 两竹房，鄂西北竹山、竹溪和房县之简称。

[2] 雷许，雷天明、许明清两位烈士。曾分任房县、竹山县委书记，领导当地人民为创建革命根据地跟国民党反动派进行了英勇斗争。1946 年底，不幸被俘，惨遭杀害。当地群众不时到坟前烧香祭奠。30 年后，作者前往凭吊时，仍见有刚烧过的香烛余烬。

[3] 安家集，在湖北省宜城县境内，1947 年 5 月，作者所在部队与国民党军一五三旅在此激战竟日。

纪念抗日战争胜利五十周年有感[1]

五十年前战未休，降书一纸出瀛洲。
硝烟散后蓦回首，满座将军皆白头。

念奴娇·九八抗洪

三江横溢，水滔滔，浪急波高流浊。却又风狂兼雨暴，更助洪魔为虐。万顷良田，千间广厦，转眼皆沟壑。百年灾害，从无如此凶恶。

一声号令如山，严防死守，誓把蛟龙缚。血肉长城坚似铁，确保江堤城郭。生死牌前，漩涡浪底，冒死竞拼搏。凯歌声里，笑看洪水回落。

[1] 中央军委 1995 年 8 月 26 日在北京人民大会堂召开座谈会，出席者均为当年参加抗日的老同志。

徐行

浣溪沙·麈兵古都

决战平津陈傅惊，隆冬百万降天兵。楚歌四面放悲声。

渤海东逃无一路，归绥西窜梦三更。燕京城下庆和平。

念奴娇·飞天

星空闪烁，看银河浩渺，凌虚清澈。西域飞天离佛国，升起祥云兰楫。轻舞长巾，微褰珠幂，袅袅风流绝。问君何去？欲寻天外梅雪。

今日喜驾神舟，灵光万丈，广宇奔腾烈。玉女殷勤来引路，青鸟重霄穿越。素月晶莹，地球蓝碧，可见长城堞？纵横天界，中华多少豪杰。

八声甘州·中国航天城

望祁连冰雪映金滩，凛冽袤居延。在大漠深处，晴空极目，戈壁连天。清水胡杨红柳，环绕绿营盘。层塔拥神剑，直刺云端。

远射汪洋靶点，令强蛮震颤，霸气凋残。更神舟轻驾，天外访神仙。最开怀、声光霹雳，壮山河、华夏信娇妍。东风劲、健儿奋发，宇宙扬帆。

登乌蒙山

乌蒙气势壮千岩，万壑奔腾浪卷烟。
鏖战金沙争险渡，遥思铁骑越雄关。
新开历史人民纪，重画山河龟鹤年。
踏遍群山寻胜迹，擒龙伏虎看今天。

徐红

雁门关勘察地形

边关衔冷月，远树吼寒风。
塞外犹堆雪，城头未释冰。
古门难觅雁，隘口总屯兵。
千载烽鼓地，残垣记废兴。

水调歌头·五十八师师史馆

星火红军路，铁血大功篇。几多骁将英烈，师史记当年。誉满江南虎旅，无愧华东主力，百战总争先。连长杨根思，壮举天下传。

打硬仗，歼强敌，善攻坚。赴汤蹈火神勇，任务不言难。京沪霓虹灯下，浙豫演兵场上，高唱凯歌还。战士忠于党，挺进再挥拳。

水调歌头·抗洪英雄赞

疑是云天漏，连月雨盈江。惊涛似虎冲岸，一片水茫茫。百万军民奋起，千里江堤死守，不亚保边疆。屡报洪峰急，险处战旗扬。

垒沙袋，投石块，筑人墙。雄师百将亲率，泥里铁金刚。防地即为阵地，溃口如同枪口，又见黄继光。舍己真英杰，千古永流芳。

登一江山岛

莫言双鲤脊，小岛亦江山。
五秩涛如昨，三军战正酣。
敌酋惊鹤唳，儒将赋狼烟。
诺曼能重演，敢称海不宽。

浪淘沙·我海军远洋护航

军港箭离弦，远报狼烟。越洋亮剑亚丁湾。旋翼凌空能探海，导弹昂天。
护我远洋船，一路安澜。五星旗艳胜当年。未忘郑和巡万里，蓝海情牵。

徐洪章

圆梦

2004 年 6 月延安

一

少小蒙研宝塔篇，垂横撇捺写延安。
几回梦里临红府，碧水欢歌绕峁峦。

二

道牵窑洞进延安，越岭攀塬绿水间。
草密林疏花伴客，川汹壑险浪衔湾。

三

花甲登临宝塔山，举旗宣誓共思源。
清凉古寺虔诚客，歌舞枣园车马喧。

水兵情

1997 年 4 月福州

一

鸥江岛上阅风云，小草依依伴暮晨。
问我新征鞍马志，海天遥看锦光粼。

二

罗唇斩浪荡舟帆，昼抱银波夜伴山。

问我巡逻何苦乐，海天情注碧涛间。

三

群推自荐委猪倌，泪洒珠抛大海边。

三载砺磨思想换，今年又把任期延。

龙山会·阅兵

——观抗战胜利 70 周年阅兵式感赋

2015 年 9 月 3 日北京

礼炮鸣霄汉，号角连连，曲荡红旗展。老兵身影健，将军阵、绘百年英雄卷。电掣乘千驰，啸天际、东风舞箭。击长空，银鹰队列，烟腾彩灿。

云鸽万羽蹁跹，行动宣言，大国胸怀见。强军迎挑战，当警惕、瀛岛幽灵重现。正义共伸张，稳秩序、降魔弭患。珍和平、开来继往，永离灾难！

云仙引·公祭[1]

鼓号齐鸣，《安魂曲》荡，云偕白鸽飞翔。秦淮咽，石头怆。炎黄子孙共祭，赤县神州哀国殇。旗降半杆，法铭宝鼎，情动穹苍。

倭奴休要佯狂！是非辨，乾坤公理彰。捍卫尊严，雪昭前耻，正气弘扬。壮武强军，枕戈待旦，靖海宁边每繁塞疆。远离悲剧，复兴圆梦，世纪隆昌。

[1]2014 年 12 月 13 日上午 10 时，在侵华日军南京大屠杀遇难同胞纪念馆隆重举行国家公祭仪式。

如梦令·四极哨所（选二）

东极哨所

迎日接晨东哨，上岗巡逻黑岛。霞灿曙山河，旗猎卷飞惊鸟。春晓，春晓，龙虎榜添英少。

西陲第一哨

遥送夕阳昆顶，上哨披星雪岭。霜剑透肌胸，虫豹隐形藏影。巡境，巡境，飞涧越峦驰骋。

卓牌子·守礁南沙

2015 年 7 月 6 日北京

涛翻花千片，鸥雁集、盘舟舞舰。礁堡脚屋家园，卫疆巡海南天，月邀星伴。

骄阳衰嫩面，筋骨壮、晨操暮练。续写赤胆忠诚，扎根蓝土、擒龙斩蛟除患。

夜行船·接亲人回家[1]

2015 年 4 月 2 日北京

烽火亚丁纾难。接同胞、越洋飞涧。远离危境返家园。任双肩、解民忧患。

波逐涛追归似箭。迎朝日、唱鸥鸣雁。祖国母亲刻心间。骋江海、五洲旗展。

柳含烟·春上奥运塔

2016 年 3 月北京

天梯爽，塔梢凉，黛岭盘鹰舞雁。碧波烟柳漾春光，蝶蜂忙！

绰约仙居楼叠嶂，云逐流星来往。人间俯瞰稼农桑，锦家邦！

[1] 鉴于也门安全形势严重恶化，根据中国政府统一部署，在亚丁湾、索马里海域执行护航任务的我海军舰艇编队临沂舰、潍坊舰先后于 2015 年 3 月 29 日、30 日分别驶抵亚丁湾和西部的荷台达港，共撤离 571 名中国同胞远离战火、安全返回祖国。

徐春阳

忆济南战役中血战苏北路

一

攻济打援战未休，飞兵淮海小窑头。
英雄浴血拼强敌，不朽功勋誉九州。

二

沭河沂水连苏鲁，两地军民一样情。
攻济捐躯苏北路，至今不忘祭英灵。

三

倏忽时光六十年，神州久已展新天。
缅怀先烈何为最，心系人民永向前。

高立元

情寄神仙湾

神仙湾里有神仙，霜剑风刀只等闲。
雪酿甘醇邀月饮，云堆锦被枕星眠。
并非灵岫三清客，元本长城一块砖。
万里河山来眼底，铜墙铁壁接青天。

中秋写给红其拉甫哨所卫士

玉门西去过楼兰，扎寨昆仑接广寒。
云锁乡关千万里，雪埋哨所两三间。
霜凝青剑倚天举，旗映丹心向日悬。
尽洒边陲诚与爱，一轮明月任亏圆。

戍边情

泉水叮咚过柳营，钢枪烁烁马头横。
霞燃日自身旁落，风卷云从足下生。
霜蚀冰轮雁千里，指飞银线夜三更。
奶茶更比莼鲈美，根扎边关最动情。

帅帐女通信兵

鼠标轻点起尘埃，铁甲雄鹰呼啸来。
三略六韬凭执掌，千军万马任安排。
春光沐浴桃花女，战火陶熔柱石才。
沙场风云多变幻，从容岸坐指挥台。

石河子拜访屯边老战士

宛如一梦到江南，酒敬功高老戍边。
犁撰春秋雕朔漠，刀鸣风雪跨征鞍。
香飘稻菽层层浪，云缀沙湖点点帆。
羌笛不翻杨柳曲，如歌岁月鬓斑斑。

鹧鸪天·游陶然亭

正是桃燃柳吐烟，东风相约到陶然。偷移琼圃园三亩，巧剪西湖水一环。
青冢侧，古庵前，补天播火忆英贤。笙歌阵阵婆娑舞，春满乾坤慰广寒。

郭岚

凤栖梧·边地流韵二十四阕

雪域圣地，风光旖旎，天湛蓝而无雾霾，水清澈而无污染，山嵯峨而无凿迹，畜灵动而无惊吓。游人至此，辄欣然忘归。然戍边人长守在此，融生命于天地山水之间，弃愁绪于儿女情长之外，个中体味，非他人所能及。吾今入藏数载，时闻高山之流水，常悟征人之艰辛，声韵袅袅，不绝于耳。遂作边地流韵二十四阕以记之。

山

山吐浮岚山影远，柳重烟深，已是春痕晚。莫道坐骑移步懒，天堂山色酥人眼。

征路只催双鬓染，玉树临风，辗转浑无憾。戍声不觉光阴苒，鸿雁飞过山如练。

风

风起云涌涛声恶，雁去人来，只为萧关锁。笑对荒原琴瑟瑟，《阳关》飘过风声和。

秦时明月山载过，汉疆唐域，吹梦成今客。休说戍边难有乐，风展红旗美成册。

沙

沙梦行云心目乱，一夜狂吹，撩得人肠断。说与狂沙尘已漫，殷勤此意应听唤。

沙去云归心更乱，不见沙吹，边地谁相伴。衣带渐宽休细看，关山如画争如见。

石

石立山崖寒欲尽，消息边关，已酿泥石阵。斜雨新添残路困，风来识得石中性。

问道石滚猿啸奔，此地凄凉，何处寻光景。且把混响声一弄，流年谱曲成新韵。

云

云色沉沉天欲堕，不见晴空，万里成云水。潇洒鸿雁低列队，鸣声不断朝天坠。

唤起征人聊寓意，收拾情怀，向往凌云志。云若有情终有说，壮心不已谁人会。

雨

雨似箭镞山似盾，草木燃烟，唤起苍山愤。山路迷濛天混沌，泥石流下千叠洞。

伫立危楼闻雨恸，万箭穿心，无计关天缝。惟有执戟能有用，一尊威武谁可动。

雪

雪压青松飞马绝，万垒雪山，更有西风掠。一片寒光凝月夜，横笛不见楼台榭。

铲却房前屋后雪，川谷林峦，全是银世界。白雪丛中人易惬，未歌先觉云开岳。

露

露浸石阶石似洗，千尺云梯，直上斜阳里。一阵微风知露意，画屏闲展边关翠。

谈笑挥戈金玉句，脚底生云，阔步哨所去。为有山河多奇美，惊残春露人宜醉。

日

日照关山红半展，爱伴骄阳，映得戎装浅。欲抱春日春不管，云腾雾绕空缭乱。

巧剪云雾成片片，检点群芳，却是层林染。争奈征人移步懒，霞光洒下红扑面。

月

月上关隘依碧树，欲撩客心，客在深深处。闯南闯北路几许，月亏月满征人渡。

老夫疏狂旗斗舞，无悔人生，任作流萤云。今夜山影多妩媚，月明定有东风住。

星

星眼窥山山渐暗，夜幕低垂，点点照星汉。不见牛郎织女面，对星惹得情无限。

一觉年华春梦断，阳关三叠，渐觉愁思淡。征路未停风色便，轻拂夜空星更乱。

暮

暮色苍茫边塞阻，草木萋萋，留下行云住。满眼青黛诗有句，关河应道来何暮。

况是赏心多悦目，寒夜来时，山在烟波处。暮里看山山更素，素身执戟把边戍。

寒

寒气伤春春欲暮，帘影沉沉，着意留春住。边塞箫声盘马处，人来寒去无虚度。

莫使金樽空祝举，待旦执戈，只为虎狼缚。常弄羌笛歌别绪，断肠化作擎天柱。

烟

烟淡雨疏风细细，似画如诗，梦幻千万里。烟雨关山姿色媚，征人酌酒应成醉。

无须酌酒人已醉，满眼风光，不信人憔悴。苦乐边关恁此会，只缘身在烟霞中。

雁

雁破黄昏云且住，啼鸣声沉，历历醉心素。谁言浮云遮雁目，长空振翅风流去。

欲向云天问雁苦，几度春秋，多少凄凉楚。雁藏云暮羞不语，壮怀飞过无须诉。

花

花映残冰白雪远，过了暮春，难为花期短。边地逢花须细看，风姿别是英雄段。

花下当时忽又变，风雪归来，问有余花看。怅望雪域无意恋，丹青传得情何限。

桃

桃鹃争妍新蕊绽，雨过关山，花气传幽怨。说向天堂人缱绻，残花频掩春那远。

汗湿征衣花粉溅，画角声中，旋遣轻分散。莫唤征人移步缓，桃花过后群芳艳。

柳

柳暗雅江春色晚，江水连云，碧透微风岸。千里斜阳撩眶眩，征人柳下情思乱。

莫道天路冰雪面，庭树金风，柳絮飘零远。盘马尽尝平日愿，芳心只为阳关劝。

林

林海莽莽天恨短，松雪相映，点点撩人眼。边地黄昏天似练，涛声未起肠先断。

夜半风吼林不见，那更扬花，疑是横吹面。待入前沿行一段，林思肯把乡思换。

江

江水绵延迷望眼，白雪皑皑，缥缈云岚见。几度峰回弯百转，唤起客心天涯远。

千古水流连又断，幸有东风，吹雪成江面。隐隐江声春不管，浩歌一路向天惯。

河

河响深山情漫漫，一曲新声，可把征人念。休笑何水无意恋，风流应在山怀间。

翠暮无风声自远，几多柔情，尽与河相伴。今夜凭栏仔细看，丹心映得水魂现。

湖

湖漾涟漪天地静，犹抱琵琶，珠玉拍湖影。月落霞飞湖欲暝，征人盘马期归信。

忽见湖心鸿雁醒，起舞翩跹，次第飘零近。密写词笺论客境，只愁湖水平吾兴。

溪

溪上群山土破冻，碧草芊芊，报得春光嫩。满目苍翠应尽兴，曲流何向无人问。

执仗溪边征未定，整整韶华，岁月染双鬓。争学溪流无意韵，寸心为有春音信。

瀑

瀑布悬垂成一缕，空谷幽深，冉冉飘衣袂。欲借残阳寻别绪，面朝飞瀑泪如雨。

雨过天晴彩练舞，遍地风流，补尽巡逻路。自信此生终不度，梦魂长在阳关赋。

●郭小湖

浣溪沙·青纱帐和基村点

日照青纱白雾茫，条条大道是沙场。兵民诱敌捉迷藏。
昼伏基村修堡垒，夜巡乡镇布联防。除奸打狗抓豺狼。

清平乐·麻雀战

卫河西岸，碉堡封三面。绕敌展开麻雀战，依托金瓯一片。
军民鱼水情深，并肩静察风云。游击战争似海，抟涛共缚鳣鲲。

康士建

浪淘沙·抗战元戎颂

——敬献中国人民抗日战争胜利暨世界反法西斯战争胜利七十年

毛泽东

毅勇挽陆沉，领袖群伦，辰明持久战方针[1]。荡寇鸿猷精擘画，引路凝魂。
唤亿万黎民，敌忾同拼，长城血肉筑倭窀[2]。社稷重光国耻洗，旋转乾坤！

朱德

国破泪漂亡，挂帅安邦，麾师敌后游击忙。鼓舞华族同蹈厉[3]，决战东洋！
策济困良方，拓垦棉粮，反顽联友斗强梁。龙胜魔降功伟烈，民众荣光[4]。

彭德怀

慷慨救垓关，堑垒投鞭[5]，狂澜砥柱纛中坚。驰骛兴兵斫劲虏，还我河山！
破九路围歼，鏖战百团，北华巩固凯歌旋。除孽靖国彭大将，碑勒燕然[6]。

刘伯承

祸亟寇深垓，壮志萦怀：倭奴不灭勿还宅[7]！敌进我来戡“扫荡”[8]，一洗妖霾。

---

[1] 毛主席抗战初期提出的持久战为全国抗日战略总方针似北极星辰指导全民抗战。

[2] 窀即坟墓。

[3]1937 年 7 月朱德亲撰率部抗日誓词称“我辈皆黄帝子孙，华族胄裔，生当共时，身负干戈……”

[4] 毛主席为朱六十寿辰题词“人民的光荣”。

[5] 典出前秦君主苻坚伐晋时喻己兵多将广、投下的马鞭即可中断江流。堑垒泛指关河敌阵。

[6] 用汉将窦宪征服匈奴后刻记功碑于燕然山典故，喻彭为民族独立建勋立功。

[7]1937 年 9 月 129 师出征时刘帅率部宣誓，“不把日本强盗赶出中国，不把汉奸完全肃清，誓不回家”！

[8] 敌进我来即刘总结的“敌进我进”作战指针，指反“扫荡”中趁敌后方和外地兵力虚弱，用外线作战粉碎日寇分进合击。戡，平定，反制。

批亢捣虚骸，百战连捷，“囚笼”粉碎胜局开[1]。亮剑太行夷焰灭，大展雄才。

贺龙

讵忍铁蹄蹂？誓报国雠，龙军喋血斗貔貅！冀陕晋绥机动战，决胜方遒。

克垒挤“毒瘤”[2]，锁寇襟喉，灵活破阵善绸缪。经略藩屏红圣地，无愧兜鍪[3]。

陈毅

板荡显仲弘，汇聚群雄，高《歌》挺进大江东[4]。灭寇惩顽揆统战，勇冠华中。

逆境拜元戎，御辱折冲，铁军“四反”建奇功[5]。绝地鏖兵夺胜果，气贯长虹！

罗荣桓

东进卷狂飙，力斩皇枭[6]，动员大众灭凶獒。齐鲁勃兴根据地，布势高韬。

宵旰策奇招，胜券常操，“翻边”破壁鬼哭嗥[7]！抱病征伐收失地，军政双骄。

徐向前

冀鲁战云飞，受命临危，径提锐旅赴戎机。角力攻心多管下，所向披靡。

---

[1] 指日寇企图用修筑通道碉堡等形似“囚笼”伎俩分扼我根据地。

[2] 贺龙率部在晋西北抗战用“以挤对挤”战法破袭要道、拔点摧垒、挤压“毒瘤”、挫敌“蚕食”“扫荡”。

[3] 兜鍪即将盔；红圣地指延安，贺 1942 年调任联防军司令兼理陕甘宁边区财办，肩负保卫中央和建设边区重任。

[4]“板荡”典出《诗经》，指乱世，此喻当时我面临亡国灭种危机；陈毅字仲弘；“群雄”指陈等奉命将南方 8 省红军游击队整编成新四军；新四军军歌由陈主创并唱响全军励志。

[5] 元戎乃主将；皖南事件后陈临危出任代军长，率华中军民在四战之地赢得反“扫荡”、反“清乡”、反“蚕食”、反磨擦斗争大胜。

[6] 罗率部入鲁即在梁山战斗全歼天皇亲戚田敏江等 300 余敌获国共同奖。

[7]“翻边”系罗总结山东抗战制胜战法：将主力配在边沿区，敌攻我时我打到敌占区制胜。我军用以多次打破日伪“铁壁合围”“治安强化运动”转入战略反攻。

善处友顽敌，巧用恩威，“人山”伟力益雄师[1]。党政军民齐上阵，痛戬狂夷！

聂荣臻

恒岳抗倭魃，敌后深扎。扩军建政冀晋察。创建楷模根据地[2]，民力迸发。

荡寇反磨擦，诛“将名花”[3]，经纶攻略净夷沙。光复中原捷报日，荣履光华！

叶剑英

虎穴密穿梭，国共平倭。阋墙御侮费蹉跎。合纵连横同赴难[4]，劳苦功卓。

军帐运筹多[5]，佐幕精磋，总揆长策克阎罗。统战戎韬天下誉，剑胆英模！

林彪

首胜平型关，斩寇先鞭，威名禹甸竞相传。培育干城竭智略，抗日中坚[6]。

良窳典更番，讵辨媸妍？半生义勇半生奸。未殁昆仑湮漠北，憾尔羞惭！

观海军南海军演感赋

楼船驰骋阵云横，伟略强军练甲兵。

应变危局惊僭盗，海魂威武卫和平。

[1] 发动群众造成“人山”开展平原游击战是徐帅总结的经验战法。

[2] 党中央、毛主席屡赞晋察冀边区为“模范根据地”。

[3] 聂率部 1939 年秋在北岳反“扫荡”中击毙日誉“护国名将之花”的阿部规秀中将。

[4]“兄弟阋于墙外御其侮”指兄弟争吵不和但可共御外侵。“合纵连横”喻叶从西安事变起即代表中共奔走于海内外各界各层爱国友华人士统战抗日。

[5]1941 年初叶奉调回延安任军委兼八路军参谋长辅佐朱、毛指挥全军抗战。

[6] 林彪 1936 年任抗大校长兼政委、1943 年任中央党校副校长。

贺辽宁舰入列

巨艟列阵辽东湾，蓄势扬帆待启航。
统帅授旗铨使命，水兵接舰换精装。
国歌唤起复兴志，华胄腾欢崛起昌。
纛领群鲸驰万里，维权荡寇戍海疆。

黄新

摊破浣溪沙·庆空军成立五十周年

云似惊涛霓作篷，战鹰展翅九霄重。为保金瓯臻永固，献精忠。
搏击长空千万里，戳穿纸虎猎罴熊。五十春秋捐热血，彩云彤。

采桑子·贺新型地空导弹发射成功

倚天长剑冲天啸，兀立如峰。弹发云中，电掣雷鸣霹雳风。
长城万里金汤固，鹰击长空。天马如龙，威慑敌魂弯劲弓。

鹧鸪天·贺空降兵部队

朵朵伞花耀彗星，晴空霹雳降神兵。尖刀刺敌魂飞散，笑傲长空热血腾。
来匿影，去潜踪，排山倒海鬼神惊。丹心常系民忧乐，大地蓝天写赤诚。

江城子·太空之花

——贺中国首次载人飞船发射成功

神舟一箭震穹苍，驾飞舱，踏祥光。玉宇遨游，华夏美名扬。翘首英雄杨利伟，昂斗志，射天狼。

喧天锣鼓彩旗张，喜歌扬，引壶觞。多少辛苦，何惧鬓如霜。花绽太空迎旭日，今圆梦，看东方。

杜鹃花·艰难岁月[1]

井冈星火记心中，曾把江山变大同。

无数先驱捐碧血，神州染就杜鹃红。

吉祥草·祝母长寿[2]

吉祥如意草，长此送温馨。

愿母南山寿，越活越年青。

白头翁[3]·对白头

烽火映天浓，边关挽硬弓。

凯旋妻远接，对视白头翁。

[1] 这是为父亲黄祖炎烈士牺牲 60 周年而作。父亲 1926 年参加革命，1927 年加入中国共产党。在瑞金时曾任毛泽东的秘书，经历反围剿，参加过长征和抗日、解放战争。1951 年 3 月 13 日在参加军区文化工作座谈会时遇害牺牲。时任山东军区政治部副主任。

[2] 为祝母亲百岁寿辰而作。母亲是新四军老战士。

[3] 白头翁为花名。1985 年 3 月，我参加保卫南疆作战时一头乌发。1986 年 6 月凯旋时，是发如霜染。

紫荆花·别样红[1]

昔日少花丛，今朝别样红。
明时观靓色，瞩目世人崇。

荷花·沐朝阳[2]

经年雨雪霜，今朝别样妆。
濠江花色润，朵朵沐朝阳。

木棉花·红艳艳[3]

朵朵木棉红艳艳，仁人志士血斑斓。
待到祖国芃芃日，莫忘英雄铁甲寒。

[1] 紫荆花为香港特区区花。此诗为香港回归而作。
[2] 荷花是澳门特区区花。此诗是为纪念澳门回归而作。
[3] 木棉花人称英雄花。此诗为中国首个烈士纪念日而作。

崔儒勇

留苏同学聚会感怀

四十春秋弹指间，一堂同忆外学年。
寒窗勇探尖端术，逆境常思正气篇。
紧握长缨驱虎豹，警擎神箭卫家园。
今朝国富军威壮，日月重光华夏天。

卜算子·赞火箭兵

云外舞东风，海面飞神箭。华夏雄狮怒吼时，狼犬魂肠断。
雄心筑长城，壮志冲霄汉。紧握长缨虎豹拦，列阵防狼窜。

●彭飞

新兵团打焦庄

1945 年 10 月

砥砺新兵上战场，轻除敌寨试锋芒。
初尝陷阵好滋味，归路群情恣欲狂。

突破泰安东门

1947 年 4 月

夜空千里泻流星，火海红光染岱宗。
霹雳一声山谷啸，英雄破雾已登城。

鲁玉昆

罗敷艳歌·航空兵夜训

斜阳西下银钩挂，暮霭朦胧。勇隼升空，极目风云练硬功。
厉兵秣马连沧海，防御夷凶。笑傲苍穹，技术精良志未穷。

褚恭信

清平乐 · 月夜行军

星稀月皎，雾漫云缭绕。夜过崇山轻悄悄，独有清泉欢笑。
风寒路陡崖高，打赢心切情豪。踏尽山崖云雾，方迎天际红潮。

老将军笔会

从戎沙场忙驰骋，解甲文坛忆战尘。
笔下犹闻鸣万炮，案头再现涌蘑云。
挥毫泼墨交新友，作赋填词寄壮心。
再给老夫三岁少，飞船亲驾率天军。

念奴娇 · 赤壁畅想

火烧赤壁，越千年，战法兵戎全变。魏武有知当自愧：难辨战争真面！环视今朝，战区何在？陆海空天电！已决胜负，两军还未相见。

诸葛纵有神机，谅他难料，电子先决战！立体纵深非线性[1]，没有后方前线；精确攻歼，斩除要害，体系全瘫痪[2]。信息制胜！孔明公瑾惊叹。

[1] 指立体超越、大纵深、非线性的作战模式。

[2] 指先摧毁敌方指挥机构等重要目标，瘫痪指挥体系。

破阵子·现代炮兵掠影

导弹专攻要害[1]，战神遍撒雷霆[2]。群炮齐鸣贼胆裂，雨弹横飞敌阵平。焉能打不赢？

压制杀伤歼灭，照明纵火增程。炮弹飞行随我导[3]，雷达跟踪任你行。智能化炮兵！

[1] 指炮兵战术导弹。

[2] 战神，指“雷霆战神”火箭炮。

[3] 指末制导炮弹。

薛守唐

篝火弱水连航天

边关篝火烘靴暖，弱水清波洗远尘。
身卷方知篷顶裂，唇干倍感水千金。
芳春染绿左公柳，御酒醉歌航宇人。
几度神舟奔月桂，一星两弹入高云。

瞿新发

采桑子·忆渡江战役

平津淮海频传捷，宁沪惊惶。宁沪惊惶，战犯求和诡计忙。
雄师百万追穷寇，跃过长江。跃过长江，解放南京向沪杭。

浣溪沙·忆部队夜练

萧瑟秋风野菊黄，月光冷照演兵场。钢盔铁甲染清霜。
神剑辉辉军旅壮，机车队队阵蛇长。红旗猎猎向朝阳。

戴清民

胡里山炮台[1]

2000 年 9 月

都督曾此驻大军，故筑严城镇妖氛。
风过蓊翳驰金柝，浪追平沙遏战云。
坚船披靡空滩雨，利炮沉寂向城闉。
时人应记当年事，富国强兵理最真。

远眺刘公岛

2002 年 3 月 6 日

合庆楼高直面东，极目远眺百感生。
故港何故沉致远[2]，春涛有心唤英名。
叹息风云非失意，存亡家国总关情。
廉颇能饭莫言老，至今龙泉夜夜鸣。

[1] 胡里山炮台在福建省厦门市东南胡里社海边。清光绪十七年（公元 1891 年）福建水师提督彭楚汉会同总督题奏设炮捐募款筹建，继任提督杨岐珍董理并于二十二年建成。炮台用乌树汁、石灰、糯米拌泥沙筑成，坚固无比。前临大海，视野宽阔，隔海与屿仔尾炮台互为犄角，控制厦门港口，为海防要塞所在。炮台内现存巨炮一尊，为德国克虏伯兵工厂所造，炮口内径二十八厘米，炮身全长近十四米，全身重五万九千八百八十八公斤，射程一千六百四十余米，当年每尊造价约银五万两。
[2] 故港，泛指位于刘公岛的北洋水师码头、船坞、炮台等军事设施。

剑门关五首

2004 年 2 月

剑门雄关，史称天险。大小剑山，横亘川陕；东抵嘉陵，西至涪江；远属荆衡，近接岷嶓。北眺秦川八百里，系巴蜀门户；南控天府第一关，乃川陕锁钥；连接陇川金牛道，乃秦蜀要隘。自古迄今，达官贵人，富商大贾，军旅游侠，文人墨客，俗众僧道来往川陕无不经行于此。

剑门关自古以来即为兵家必争之地。上迄秦汉，下至民国，王朝更迭，时代变迁，或求一统，或为割据，攻守对峙，兵戎相见，发生在此的大小战争，不啻百次。数千年间，古道雄关，沧桑历览，无愧为华夏形胜，海内名区。众多文人墨客凭吊观光皆留绝唱。

余今寻踪，焉能无诗，缀成七律五首，聊以续貂。

其一

一关雄踞两峰间，玉垒浮空云与连。
北控秦川八百里，南眺天府五十山。
画眉撩人鸣古树，云马脱缰点征鞍。
龙盘虎踞今何在？玉钺沉沙溪水寒。

其二

剑阁耸峙雄古今，我今览胜幸登临。
大路通天连川陕，栈道回肠迷远津。
丞相空余三分恨，将军犹怀一统心。
故垒萧萧花事晚，不忍从头认旧痕。

其三

岩上绝磴路几盘，攀藤身浮鸟道间。
云间陇岭屯剑戟，望里巫峡起烽烟。
绝顶空濛牛斗近，栈道依稀车马喧。
战地凭临生百感，风云人去独怆然。

其四

万壑奔走一剑开，秦云蜀雨暂徘徊。
凭险愧无青莲笔[1]，临关雅慕子美才[2]。
江山为侣成佳属，诗酒作俦且放怀。
古关游罢唯余恨，不见诗人驴背来[3]。

其五

壁立千仞势凌云，巍峨拔地摩参辰。
秀挹三峨[4]开紫极，高悬双剑铸重门。
隘口有阁谁图画，剑溪无弦我操琴。
扶栏为尔歌谁曲，应是叔峤剑阁吟[5]。

古函谷关[6]二首

2006年4月4日

其一

涧水蜿蜒过前川，古塞遥与衡岭连。
险坂峻函界两畿，崇阜难填封一丸。

[1] 青莲，指唐代诗人李白，号“青莲居士”，故称。曾作《蜀道难》。
[2] 子美，指唐代诗人杜甫。杜甫，字子美，故称。唐天宝十四载（公元755年），杜甫避乱蜀中，曾作《剑门》。
[3] 诗人，指宋代诗人陆游。南宋孝宗乾道八年（公元1172年）冬，陆游由南郑（今陕西汉中）奉调回成都，途经剑门，作《剑门道中遇微雨》诗：“衣上征尘杂酒痕，远游无处不销魂。此身合是诗人未？细雨骑驴入剑门。”
[4] 三峨指峨嵋山，有大峨、二峨、三峨之分。
[5] 叔峤剑阁吟，叔峤，杨锐，清末维新派人物，戊戌六君子之一，字叔峤，四川绵竹人。光绪二十四年（公元1898年），在慈禧太后发动的戊戌政变中被杀害。杨锐所作《剑阁赋》，以“西蜀地形天下险”为韵，描写了剑门关的重要地理位置、雄奇险秀和历史文化。
[6] 古函谷关，在河南灵宝市西北。东临弘农涧，南依秦岭，西靠衡岭，北濒黄河。战国秦置，因关在谷中，深险如函而得名。

盘藤有情掩战骨，夕阳无聊照荒塬。
故辙千年无觅处，细数桃花抚芸编。

其二

古关遥峙逾千年，故道荒河世累迁。
城楼聊可抚今构，崎路无处觅残垣。
函谷不必闻鸡度[1]，华岳才能立马看。
于今几多凭吊客，仍将白马作笑谈。

到西沙[2]二首

2006 年 2 月

其一

明珠璀灿遗迩遐，此去何须泛浮槎。
云度天宸不是梦，浪涌孤礁太如花。
椰林不逊琼岛秀，红树正映珊瑚霞。
欲向蓬瀛奋铁翼，豪气此时正无涯。

其二

铁军一旅驻荒遐，舰舷游弋若云槎。
梦思北国八方雨，情注南天万朵霞。
从戎几度献赤胆，报国曾此拔虎牙[3]。
休道蜉蝣悬孤屿，银线遥连到西沙[4]。

---

[1] 闻鸡度，指战国时孟尝君田文等人学鸡鸣而度函谷的故事。
[2] 西沙，西沙群岛，位于海南岛东南海域，由宣德、永乐两个群岛及其他岛礁组成。
[3] 报国句，指公元 1974 年初我军对入侵西沙永乐群岛的南越军队的自卫反击作战。
[4] 银线，喜闻通信光缆通西沙，故云。